CP/4§

J'habite dans
la télévision

Chloé DELAUME

J'habite dans la télévision

ROMAN

© Éditions Gallimard, 2006

Ministère de la Culture & du Divertissement™
Département de la Fiction sur support Papier
Service des Archives

N° Dossier : 06176NSDA
Catégorie : Narration Type 3.2
Calibre : 191 732 signes
Phase : Terminale

Note du comité :
Intégré au Lot 0048932 après transfert.
Évaluation de degré 12 exigée par la procédure, conformément à l'article 78.4 du code de protection des producteurs de fiction.

Bon pour étude.

Pièce 1/27

Vous n'êtes pas ici par hasard. Le hasard n'existe jamais, un jour prochain vous comprendrez. Je ne sais pas qui vous êtes ni pourquoi vous êtes là. Encore moins si vous resterez ici, entre ces lignes. Ou si vous êtes déjà partis. Je ne sais pas grand-chose et encore moins sur vous mais ce dont je suis certaine c'est que vous êtes capables de recevoir des informations. Des informations du réel. Du réel de là où je suis.

En ce moment vous êtes ici en ce moment vous êtes debout. L'hu main se doit d'être vertical. Avec l'âge on se voûte, il faut y prendre garde, les torts comme les neurones ça ne se redresse pas.

En ce moment vous êtes ici et ça veut dire des choses, des choses très importantes. Que vous êtes vivants par exemple encore vivants, peut-être pas pour très longtemps mais un petit peu vivants quand même. Et puis aussi, surtout, qu'à cet instant précis vous ne regardez pas la télévision.

Vous êtes l'élite n'est-ce pas. Ou pire. Un tibia fracturé social qui feint la cicatrisation, vaudou cataplasme culturel. Vous n'êtes plus partisans de rien, si ce n'est de l'optimisation. Des glaucomes clématites s'épanouissent pleines fissures, hélas la moelle hélas se niait d'être infectée. Alors évidemment. La télévision du réel, du réel de là où je suis, ça ne vous intéresse pas tellement. D'ailleurs vous ne la regardez jamais, la télévision, jamais vraiment. Sinon vous comprendriez mieux ce qu'il s'y passe. Ce qu'il s'y passe exactement.

Vous pensez : rester droit c'est ne pas s'abaisser à la télévision. Vous croyez que les courbatures sont inhérentes aux faux mouvements. Vous dites : je ne suis pas concerné par la télévision ; vous dites : la télévision ça ne me concerne pas. Le Petit Robert définit : Être concerné : être intéressé, touché par. Concerner : avoir un rapport à, appliquer à. Vous feriez mieux de l'écouter, c'est un conseil que je vous donne.

Vous affirmez : je me refuse aux statistiques. Trop singulier, vous, l'exception. *Attendu qu'en moyenne l'espérance de vie des Français est de 78, 6 ans.* Vous cyniquez : j'ai su me préserver de la télévision. *Attendu qu'en moyenne le temps passé par les Français devant la télévision est de 3 h 30 par jour.* Vous assurez : je suis dans le réel et le réel est tout sauf la télévision. *Il a été convenu que les Français ont pour espérance 11 ans et 4 mois de vie dans la télévision.* J'ai dit : onze ans et quatre mois plein temps les paupières éveil permanent, soit un peu moins du double pour rester rationnel.

Vous vous dites au réel et surtout au Village, parfois même au Château mais toujours appréciant votre panorama. Vous vous dites au réel moi l'idiote du village, elle a eu comme une crise elle

10

est restée bloquée elle se rejoue Éleusis version *Télérama*. Depuis.

Vous dites : je suis dans la vie, la vie n'est pas la télévision. Parce que chacun en ses régions s'y rend trois heures trente par jour mais que vous tellement moins. Parce que chacun s'y rend vingt-quatre heures trente par semaine, quatre jours et neuf heures par mois, soit mille deux cent soixante heures par an et que vous pas du tout. Parce que tant qu'à aller quelque part pendant cinquante-deux jours et douze heures cette année, vous préférez de loin une île ou sa simple possibilité, juste sa simple possibilité, au bondage boréal de la télévision.

Alanguis fauteuil à oreilles, vous dites : je possède une télévision. Vous avez beaucoup de mal avec les transitifs et la passivité pénètre principe actif au creux de votre peau. Crâneurs vous ajoutez : j'ai une télévision chez moi mais en fait je ne l'allume jamais. Vous avez à l'espace un rapport peu concluant, j'ai vécu où vous êtes, tout y est inversé, ce n'est pas votre faute, pour socle une nausée d'ange d'avoir trop toupiné.

Avachis canapé mythes élimés, vous dites : chez moi la télévision c'est comme si elle n'existait pas. Je vous aurai prévenus. La technique des tenailles exfoliantes, c'est tout sauf une très bonne idée. Ça n'extirpe pas que les comédons, ça râpe l'âme en miroir sans tain. Vous suintez le négationniste, vos pores sécrètent le jus de l'oubli, vous vous faites masque d'une amnésie qui vous dessèche de claustration, vous vous extrayez du réel, du réel de là où vous êtes. Le sébum cireux d'amaurose vous ronge les nerfs saindoux optique, votre esprit se complaît au gras.

Patrick Le Lay dit : Il y a beaucoup de façons de parler de la télévision. Mais dans une perspective business, soyons réaliste : à la base, le métier de TF 1, c'est d'aider Coca-Cola, par exemple, à vendre son produit.

Vous ne regardez pas alors vous ne voyez pas, je crois que ça tombe sous le sens. Le vrai du vrai, non impossible, même quand vous essayez la cécité perdure. Alors vous retournez aussitôt dans le faux, on connaît du mensonge le confort obséquieux.

Patrick Le Lay dit : Pour qu'un message publicitaire soit perçu, il faut que le cerveau du téléspectateur soit disponible. Nos émissions ont pour vocation de le rendre disponible, c'est-à-dire de le divertir, de le détendre, de le préparer entre deux messages. Ce que nous vendons à Coca-Cola c'est du temps de cerveau humain disponible.

Vous savez, le problème, c'est que votre tête est pleine d'oiseaux morts. Il y en a vraiment beaucoup. Des tas d'oiseaux morts dans vos têtes alors que moi, non, pas du tout. Il n'y a absolument aucun oiseau mort dans ma tête. Aucun. Parce que moi on m'a déjà tuée, ça remonte à un sacré bail et l'ornithologie n'a rien à voir là-dedans.

Je sais que vous ne comprenez pas. Que vous ne comprenez pas l'enjeu, le jeu ni l'intérêt. Vous ne pouvez pas comprendre. Huit heures par jour vous sous-louez votre corps à l'entreprise Y, vous louez vos compétences et donc votre cervelle à un groupe quelconque. Et encore, je dis louer. Ce n'est pas un loyer, il n'y a pas de quittance. Patrick Le Lay ne dit pas : bail, caution, F3 meublé. Patrick Le Lay dit : Ce que nous vendons à Coca-Cola c'est du temps de cerveau humain disponible. Votre cerveau est acheté. Votre cerveau n'a plus de temps. Votre tête est pleine d'oiseaux morts.

Patrick Le Lay dit : Rien n'est plus difficile que d'obtenir cette disponibilité.

La télévision propose avec ses programmes de téléréalité juste des divertissements, rêvez-vous. Juste des divertissements que l'on sait lénifiants. Vous devriez vous inquiéter d'un songe empoissé glu euphémistique. Mieux vaut encore un oracle bègue que l'échine d'un fils de cyclope.

Le Petit Robert dit : Divertir : 1. Détourner, éloigner. Soustraire à son profit. 2. Détourner de ce qui occupe. Détourner d'une préoccupation dominante, essentielle, ou jugée telle. 3. Distraire en s'amusant.

Le Petit Robert ajoute : Distraire : I. 1. Séparer d'un ensemble. 2. Détourner quelqu'un d'un projet, d'une résolution. II. 1. Détourner quelqu'un de l'objet sur lequel il s'applique, de ce dont il est occupé. 2. Faire passer le temps agréablement à quelqu'un.

À quoi bon s'exposer à la dégradation, radotez-vous sans cesse l'haleine encore chargée de votre surclassement, à quoi bon s'imposer ce vulgaire narcotique alors qu'est nôtre l'accès sybarites délassements, snobinez-vous sans cesse juchés montres à gousset. Et puis surtout. Évidemment. Votre planning ne vous laisse guère de temps disponible, aussi votre cerveau vous voulez l'épargner. Surtout ne pas gâcher. User de votre temps de cerveau disponible pour plus utile et plus rentable qu'un divertissement lénifiant.

Pour plus utile et plus rentable, pour une narration sur support papier, par exemple, n'importe quelle narration, mais reliée. Peu vous chaut la méthode du traitement appliquée, artisanale, industrielle, l'important c'est l'objet, chez vous toujours l'objet. Vous baptisez *Salon du Livre* sans sentir en vos paumes les échardes du manche, alors qu'avide la pelle mordait déjà pleines mottes jusqu'à la fosse. Vous êtes tant obsédés par le rendement de votre temps de cerveau disponible que vous n'avez rien fait aux germes mutation. La terre était bonne, trouviez-vous. Friable et riche après jachère. Vous avez enterré le mot littérature.

Vous ne lisez pas des textes mais vous achetez des livres. Vous êtes à l'épicentre de ce qui vous poursuivra. Mais ce n'est pas le problème. Pour vous ce n'en est pas un et pour moi ça ne l'est plus. Ça fait longtemps déjà. Ce n'est pas un problème, d'ailleurs vous êtes partis et ça ne me dérange pas. Le soliloque c'est tout ce qui me reste et je sais que c'est déjà beaucoup.

J'ai dit : user de votre temps de cerveau disponible pour plus utile et plus rentable qu'un divertissement lénifiant. Pour un film autre exemple, pour un film, qu'importe lequel mais un film. Une fiction authentique, agréée. Rituel moelleux défection corporelle aux caveaux de velours, rétine captive cervelle lascive grille de lecture enclenchée *ceci est une histoire* encodage familier *et c'est pas pour de vrai*. De la fiction comme loisir culturel dans la première moitié du XXIe siècle.

Quel que soit son support, un loisir culturel n'est pratiqué que dans un but d'enrichissement très personnel. En sciuridés fiévreux c'est l'accumulation votre mode de survie. Collecter et stocker, toujours, une multitude d'informations. D'informations sur le réel, celui validé aux JT. Parfois vous concluez lorsque s'achève l'ouvrage ou file le générique : dans cette affaire la réalité dépasse la fiction. Souvent vous en convenez : tant qu'à obtenir des informations, autant passer chemin faisant un moment qui soit agréable. Alors vous consommez un document-fiction. Vous dites : ceci est une histoire ; vous dites : dedans c'est pour de vrai ; vous dites : enfin pas tout en fait ; vous dites : c'est le réel mais raconté. Vous conviendrez que la migraine ne pouvait vous être épargnée.

À la tombée du jour, s'il vous arrive d'opter pour la télévision, vous consultez sur catalogue les produits qui sont proposés. Vous commentez : la télévision il faut savoir s'en servir. Vous aimez l'acajou et ne sélectionnez jamais un divertissement lénifiant. Vous gloussez : je sais ce que je fais de mon temps de cerveau. Vous caquetez : je sais utiliser la télévision je ne perds pas mon temps moi on ne me la fait pas. Vos ergots s'avarient bacilles de fatuité, gallinacées entrailles bouffies d'une farce lardée interactions subliminales grossiers ficelages purée châtaignes bio.

Exploiter le temps de cerveau disponible pour plus utile et plus rentable qu'un divertissement lénifiant. Pour une émission politique, culturelle, peut-être même un documentaire et pourquoi pas animalier. Pour un programme qui vaut bien sa dépense, sa dépense de temps de cerveau. Un programme où l'on apprend des choses, qui assure une rétribution, un programme qui diffuse des informations. Un programme qui vous apprend que Patrick Le Lay vend à Coca-Cola du temps de cerveau humain disponible.

Patrick Le Lay dit : C'est là que se trouve le changement permanent.

Même quand vous la regardez, vous ne la voyez pas, la télévision. La télévision du réel, du réel de là où je hennis. Vous dites : le développement de la technologie nous permet aujourd'hui d'avoir un choix de chaînes très conséquent. Vous dites : j'ai accès à quatre cents chaînes via plusieurs types de réseaux. Vous dites : ce soir j'hésite d'ailleurs entre Choix 1, Choix 2, Choix 3 en éventuelle option. Vous déplacez le problème et vous vous méprenez sur la marge de manœuvre.

Vous n'avez que deux choix lorsque vous vous donnez à la télévision. Deux, et pas un de plus. Si le libéralisme fait agiter les bras, son rythme reste binaire sans nul pas de côté. Vous n'avez que deux choix à cause de votre tête ruisselante d'oiseaux morts. Leurs viscères sont si mûrs qu'ils vous dégorgent des yeux. Vous n'avez que deux choix, ça ne sert à rien de nier car il faut en finir.

Aussi.

Patrick Le Lay dit : Il faut chercher en permanence les programmes qui marchent, suivre les modes, surfer sur les tendances, dans un contexte où l'information s'accélère, se multiplie et se banalise.

Choix 1 : la soumission douillette. Vous dites : je me détends devant la télévision. Lascifs et déchaussés, quand vous fixez l'écran c'est pour vous oublier. Vous-mêmes, oui, votre corps, votre esprit et la journée subie. La tension, les soucis, l'usure de l'os de vos poignets, votre contrat social. Un court décervelage pour laver les souillures de l'aliénation diurne. Vous êtes prêts et savez le prix de l'injection. Votre cerveau sue à grosses gouttes, son effort est palpable, il repousse les limites de votre mémoire vive, il fabrique de l'espace. Mais ça vous ne le voyez pas. Vous dites : je change de chaîne quand vient la pub, je nourris moi-même mon cerveau, je gère les farines animales et les pollutions anthropiques, non à moi on ne la fait pas. Vous ne voyez qu'une chose, c'est qu'on vous vend toujours plus de Coca-Cola. Alors vous vous protégez, croyez-vous, à renfort de télécommande, de métalangage protecteur, le décryptage emmitouflé sous des oripeaux talisman. Vous y croyez dur comme Stonehenge, pensée magique, sacs de charbon.

Vous n'avez que deux choix. Dichotomique est savez-vous l'antre parcheminé de la télévision. De la télévision du réel. Du réel de là où j'écris.

Choix 2 : la désertion. De ces désertions viles, automutilation tranchage iris pupilles, feintes cécités putrides, puritaines abstractions de, en cours la scotomisation. Vous détournez la tête de l'écran quand s'y agite Videodrome™, vous ne voulez pas voir, vous ne voulez pas connaître, vous ne voulez pas y être. Vous voulez dire : je ne sais pas, je ne saurai pas, nous ne savions pas. Alors vous ne comprenez pas, vous ne comprenez rien. Votre tête est pleine d'oiseaux morts et votre conscience prend le train.

Patrick Le Lay dit : La télévision, c'est une activité sans mémoire.

Alors.

Vous dites : je ne veux pas qu'on vende mon temps de cerveau disponible. Vous êtes encore perclus de croyances ancestrales, où prononcer un vœu suffit à l'exaucer. L'évangile de saint Luc évoque l'armée céleste qui chante louange à Dieu et paix à tous les hommes de bonne volonté. Le paradis y est également promis aux imbéciles, quelle que soit leur motivation.

Vous dites : mon corps m'appartient. Vous dites : je le délègue à la recherche si je le souhaite si je veux. Vous dites : l'application d'une loi a fait notablement réduire la prostitution. Vous dites : je suis très engagé vous dites sur les questions sociales. Vous dites : pendant l'affaire Danone j'avais même décidé de ne plus manger de yaourts vous dites mais je n'ai pas tenu c'était trop compliqué vous dites et puis au fond on n'y peut pas grand-chose vous dites à la rigueur quelques chômeurs de moins à l'échelle planétaire vous dites et puis les gosses râlaient quand venait le dessert c'était devenu intenable.

18

En 2002, le Prix de l'Institut Danone, Catégorie Recherche et Santé, a été décerné à un projet ayant pour intitulé : *Natriophilie induite in utero, un modèle de plasticité neuronale.*

Le Prix de l'Institut Danone, Catégorie Recherche et Santé, développe : Céline Falconnetti se propose d'étudier le mécanisme selon lequel des événements ayant entraîné un écart de l'homéostasie hydrominérale dans le passé (in utero) sont mémorisés et interviennent dans la réponse comportementale ultérieure. L'étude portera essentiellement sur la régulation des récepteurs de l'AngII (récepteurs AT1 et AT2), suite à l'action de différents traitements durant la gestation.

Le Prix de l'Institut Danone, Catégorie, Recherche et Santé, précise : Le projet de recherche se fera sur des rats rendus natriophiliques par induction prénatale, avec utilisation de plusieurs techniques : L'iontophorèse à 7 canaux + 1 électrode d'enregistrement permettant d'étudier les changements dans la chémo-sensibilité neuronale ; la biologie moléculaire permettant l'étude des réponses aux niveaux de l'ARNm des récepteurs de l'AngII et de l'aldostérone, et les études comportementales pour mettre en évidence à quel point l'adaptation fonctionnelle peut être modifiée par l'application dans le système nerveux central de différentes substances modulatrices ; la technique du patch-clamp pour explorer, sur des tranches de cerveau, des mécanismes de l'empreinte mnésique laissée par des déshydratations extra-cellulaires ou par des imprégnations par les minéralocorticoïdes.

Le Prix 2002 de l'Institut Danone, Catégorie Recherche et Santé, vulgarise : Ce projet de recherche permettra de mieux comprendre comment se mettent en place certaines préférences gustatives et comment certains facteurs dans l'histoire biologique de chaque individu peuvent avoir des conséquences physiologiques, comportementales, voire même pathologiques.

Junkies stockholmisés vous dites : parade ; vous dites : néanmoins les produits laitiers sont nos amis pour la vie ; vous dites. Mais vous ne discernez pas le crépitement des aphtes si nombreux sous la langue, non, vous ne percevez pas que vos mots sont plus morts encore que vos oiseaux.

Patrick Le Lay dit : Si l'on compare cette industrie à celle de l'automobile, par exemple, pour un constructeur d'autos, le processus de création est bien plus lent ; et si son véhicule est un succès il aura au moins le loisir de le savourer. Nous, nous n'en aurons même pas le temps. Patrick Le Lay fait suivre cette phrase d'un point d'exclamation.

Par conséquent.

À l'instar de ses compatriotes, un constructeur automobile français a 19,4 chances sur 100 000 de mourir dans un accident de voiture. J'ignore si Aristote dirait erreur fatale ou ironie tragique. Contrairement à la majorité de ses compatriotes, Patrick Le Lay ne soumet pas son cerveau aux programmes de TF1. Il n'est pas assez disponible pour savourer le succès de ses animateurs-producteurs. Ce qu'en dirait Aristote, j'hésite. *C'est la marque d'un esprit cultivé qu'être capable de nourrir une pensée sans la cautionner pour autant* ou bien *l'argent n'est qu'une fiction*. Peut-on pour autant en déduire que Patrick Le Lay ne consomme jamais de boisson rafraîchissante aux extraits végétaux, c'est une question. Sans doute un peu plus bête qu'une autre, mais une question quand même. Je reprends.

Pour endiguer le processus de formatage de la mémoire vive, il est nécessaire de parasiter la phase de préparation du message. Pour parasiter la phase de préparation du message il faut la scruter et scruter jusqu'à la fonte de la rétine. Il est des mécanismes que l'on ne peut contrer sans s'être confronté au chuintement veule des roues.

C'est parce que je suis morte aux yeux de votre monde que je suis dans l'ici. La mort sociale, vous croyez qu'elle arrive le soir, et par la voix fluette d'une pétasse en Prada demandant tu fais quoi, exigeant du CV kyrielles de mises à jour. La mort sociale, vous croyez qu'elle vous fauche en zébrures de la pointe de l'ego jusqu'à l'état civil lorsqu'on ne peut lui répondre parce qu'on ne produit rien de tellement quantifiable et encore moins d'utile au règne de l'inversé. Comme si la soustraction n'avait pas commencé, comme si la frappe était unique, directe, frontale et incarnée. Comme si la chair déjà n'était pas faisandée.

Oui bien sûr je suis morte aux yeux de votre monde. Ce ne fut pas douloureux, enfin si par moments, à toute grâce son tribut. Je pense que c'est pour ça que j'ai du temps. Du temps de cerveau disponible. Les morts de votre monde n'ont rien, sauf du temps de cerveau. C'est la seule chose qu'on ait quand on nie votre adage. Qui refuse le couplet Travail Famille Shoppy s'expose à un décès socialement complet, mais on lui laisse des heures l'entière disposition. Et ça vous n'y avez jamais songé. Jamais songé à ce que ça change. Sinon vous feriez attention et depuis si longtemps qu'il y aurait chez vous nettement moins de vivants. Ce n'est pas la soupe Campbell que convoitent les zombies lorsqu'ils entrent au super-marché.

Vous avez faim, n'est-ce pas. Toujours, infiniment. Regardez-vous pleine face, je vous prie, fixement, arrachez un instant cette petite pellicule qui depuis quelque temps recouvre en feuilleté gras le dilaté de vos pupilles. Maintenant vous comprenez. Il n'y a pas que les oiseaux qui flottent à la surface du bouillon de vers blancs. La soupe de vous, elle est complète et fulminante, salée et poivrée en essaims pour mieux renier votre amertume. Vous ne voulez pas y croire. Concentrez-vous un peu. Un peu plus, oui c'est ça, un peu plus.

Vous comprenez, en cet instant, je sais bien que vous comprenez. Vous voyez, n'est-ce pas, je le sais parfaitement qu'enfin, oui, vous *voyez*. C'est répugnant, je vous l'accorde. Pourtant ce n'est pas grand-chose, après tout pour vous pas grand-chose. C'est juste ce qu'il s'est passé, ce qu'il se passera et se passe. Et c'est pour cette raison que je vous mets en garde. C'est le devoir des morts enterrés en vos mondes que de permettre enfin aux vivants de savoir. Afin qu'ils puissent s'organiser. Déserter les vieux territoires et recoudre les brèches qui sanglent leurs poumons. Vous sentez : votre souffle est court d'être assisté depuis si loin, les tuyaux et les jolies bulles, fines, pétillantes, si douloureuses quand elles explosent mutines au rugueux du mince nerf optique, le circuit de la douleur, l'extraction permanente, les murs croulants aux grands travaux. Dommage, vous allez oublier. Oui tous. Je n'ai, bien sûr, aucun pouvoir. Je ne suis pas une créature qui erre fin décembre chez Dickens. Vous êtes déçus. Je m'en doutais. Mais ça aussi vous l'oublierez. Aucun souvenir. Il n'y a plus de place. Encore une phrase. Vous ne savez plus.

Patrick Le Lay dit : La télévision, c'est une activité sans mémoire.

Je suis morte par vous, par ceux de votre monde. Je suis morte. Mon cerveau à jamais ne peut être disponible. J'ai franchi le plasma : je suis la sentinelle. Il en faut toujours une et je ne sais rien faire d'autre à part rester plantée, j'ai poussé de travers, j'ai de l'herbe coupante plein la cervelle mais pas d'aiguilles, de l'herbe coupante dans la cervelle mais aucun cadran tétanos.

Je suis la sentinelle. Je note pour qu'au plus vite les vivants se fassent morts, ce qui se dit et fait dans la télévision. Dans la télévision du réel. Dans le Videodrome™ des prime times et des quotidiennes, des fictions-vérités et des docu-fictions. Je suis à l'affût, je consigne je souligne et surtout j'engrange chaque mouvement de la télévision. Pour comprendre. Pour comprendre un mouvement il faut en analyser les phases, en connaître la composition. Il faut avoir du temps à perdre pour gagner en lucidité.

Patrick Le Lay dit : La télévision, c'est une activité sans mémoire.

Je suis là, accoudée à *la fenêtre des fenêtres*. J'ai jeté mon temps de cerveau disponible par-dessus. Les morts font ce qu'ils veulent, y compris gaspiller ce que vous avez perdu. Avant de trépasser ils le faisaient déjà. C'est bien pour cette raison que vos semblables naguère ont sorti les crochets, les piques et les bûchers. Je suis là accoudée, je n'ai que ça à faire et c'est d'ailleurs pour ça : je suis la sentinelle. Et depuis avant-hier j'habite dans la télévision.

Pièce 2/27

« Cette technique consiste à injecter un produit marqueur dans la tumeur avant l'opération. Il s'agit soit d'une substance émettant un rayonnement, soit d'un colorant bleu, soit de l'association des deux. Ces produits parcourent le système lymphatique en quelques minutes et se concentrent dans le ou les premiers ganglions spécifiques qui drainent la tumeur, baptisés *ganglions sentinelles*. »

Docteur Nos, chirurgien à l'Institut Curie.

Pièce 3/27

Je n'ai pas pris d'affaires. Même pas ma brosse à dents. Je n'ai besoin de rien. De plus rien. J'habite dans le grand tout désormais, finalement. Le grand tout où l'on est ce qu'il faut désirer. Je suis devenue d'une encre commune aux prescriptions ; incarner son propre désir, crainte et pitié suinte l'aquarium. Comment c'est arrivé comment ça s'est passé, il faudrait l'expliquer. Je crois. Mais je ne sais pas si j'ai le temps, si je l'ai eu ou si je l'aurai, ni même par où je dois m'y prendre pour commencer ou pour finir. Je ne sais vraiment plus grand-chose, j'ai perdu beaucoup trop de fichiers. J'ai la migraine aussi, un peu.

Je suis une narratrice quelconque. Je pense qu'il vaut mieux s'en tenir là. Je n'ai jamais souhaité en soufflant mes bougies participer à quoi que ce soit. Je n'ai jamais souhaité, en règle générale. Je me méfie des gouttes au nez autant que des éternuements et fais peu de cas des manières. Je suis sourde à tout spectre qui se larsène d'espoir, j'ai les tympans sensibles et le pavillon rouge lézardé de banlieues, je guettais juste un cimetière susceptible de convenir. Je n'étais nulle part, précisément. Je n'ai jamais aspiré à rien, ni même à cet exil de merde. C'est important de le préciser.

Il faut bien que vous compreniez : je croyais que personne ne voulait habiter dans la télévision. Parce que l'on dit préférer vivre. Parce que partir, même et surtout dans la télévision, ça reste toujours mourir un peu et puis qu'un peu c'est toujours trop. Trop pour tous ceux qui pensent, les paupières alourdies de glucose irisant, qu'il existe un contrôle, un contrôle des informations. In situ je l'espère ça vous dit quelque chose, un contrôle des informations.

Il faut bien que vous l'admettiez : je ne suis pas prisonnière de la télévision. Je ne suis pas non plus du Village. J'ai été un hiver l'aorte du Château. Je circule librement dans les écrans gigognes du lever au coucher. Je ne peux pas sortir mais j'ai beaucoup d'espace, ça ressemble à chez vous, traitez-moi en égale. Le biome où je m'ébroue est le reflet du vôtre, son orgueil et sa création.

Je suis la résultante d'une expérience idiote qui lève sept voiles sur bien des choses, y compris les disparitions. Je pense qu'à l'heure où je vous parle, à l'heure qu'il est chez vous, ça fait longtemps que le chiffre a doublé sans que vous compreniez pourquoi. À l'époque où j'ai traversé, il était dit : en France chaque année 50 000 individus s'évaporent. Dans la nature. Ou bien ailleurs. On ne cherchait pas du bon côté, ce n'était pas de votre faute, votre tête est pleine d'oiseaux morts ce qui doit altérer certaines capacités. L'analytique oui par exemple, ou certaines zones. Des zones précises, comme par exemple le cortex préfrontal médian.

Le cortex préfrontal médian c'est un peu dur à prononcer, très compliqué à retenir et ce n'est pas du tout signifiant. C'est pour ça que les scientifiques issus de la recherche publique qui travaillent pour les services marketing des entreprises privées l'ont surnommé : zone du marché.

La zone du marché est depuis sa découverte un sujet d'expériences, de débats, de congrès. Neuroeconomics, il s'appelait, le premier. Il s'est tenu à Charleston, la flexion y est plus guillerette. La zone du marché est au cœur des travaux menés par des laboratoires à Caltech, Princeton, Stanford, Houston, et d'autres dans le monde entier. L'épicentre est à Atlanta, à quelques kilomètres du siège d'une société qui a pour nom Coca-Cola, ce qui est l'œuvre du seul hasard. Le centre hospitalier universitaire d'Emory a défriché le terrain, l'Institut BrightHouse a pris racine dans la terre meule. C'était en 2001. Intitulé exact copie au prospectus : Institut BrightHouse pour les sciences de la pensée. *Thoughtsciences*. Et non pas *brain* ou je ne sais quel mot empli de chair, ce n'était plus la matière, déjà plus la matière. Ils voulaient la magie du maître réenchanteur, le vaudou appliqué ne leur suffisait pas, il ne pouvait suffire, plus rien ne suffirait. *Thoughtsciences*.

L'Institut BrightHouse a le sens de la formule, pas de jeunes filles en uniforme mais des études de type neurophysiologique proposées à la carte à des grandes entreprises toujours américaines. Car *partout dans le monde*, oui, *la recherche avance*. C'est pour ça que s'est développé BrightHouse Neurostrategies™ Group dès 2004. Vous ne vous souvenez de rien, mais ça ne m'étonne pas.

Depuis le début des années 1990 le neuromarketing était l'enjeu majeur. Une fois la terre promise, le XXIᵉ siècle s'attela aux labours, essartant des fossés la chienlit libre arbitre. Secteur scanné, sécurisé. Repérage des sillons, cavités membranes fines et prédispositions : IRM à l'affectation. Reste à l'araire de s'incarner dans le média le plus tranchant, celui qui nécrose les bœufs morts et devient ver dans les dendrites. Ainsi en fut scellé le sort de la télévision.

Des sujets humains consentants furent recrutés en masse au fil des décennies. L'activité de leur cerveau était enregistrée durant la présentation d'images de produits, de modèles ou d'activités. Les signaux, les moindres manifestations préférentielles étaient repérés. On les nommait : sujets d'étude. Certains en faisaient leur métier.

Vous avez oublié les noms de Samuel Mc Clure et Read Montague, directeurs du laboratoire de neuro-imagerie humaine du Bayor College of Medicine de Houston. Vous avez perdu le Texas autant que la Californie, sur votre conscience pèsent les tripes de Mnémosyne et des irritations diverses renforcent l'hypothèse GHB. Vous avez bu à la théière, les feuilles auront beau être de Chine les généraux ont leurs goûters et les gouverneurs leurs tournantes. De la mastication comme addiction primale. C'est pour cela n'est-ce pas que toujours dans le cake la farine est faite d'os, le beurre est grès de moelle, à l'angélique se mêlent en pluie les cerveaux secs. À pleines poignées.

Il était une fois un vieil Ogre dont tous les sens n'étaient qu'un tonneau Danaïdes. Sa paroi stomacale, un palimpseste, aucune goutte de sang n'avait le temps de sécher. Il était une fois un vieil Ogre qui en se nécrosant ne se nourrissait plus que de cerveaux humains, en gobant aisément une de leurs trois parties.

Le corps a lui aussi son tiercé haut du temple. Néocortex, Cerveau limbique, Cerveau reptilien. Je pense Je ressens Je décide. Le Père le Fils le Saint-Esprit. Le Saint-Esprit, longtemps, lui, m'a posé problème. Je ne comprenais pas trop en quoi il consistait et puis je trouvais le concept un chouïa archaïque. Je suis devenue athée pour cause d'absence de stimuli sur le cervelet.

Le cerveau reptilien attire les convoitises, parce que c'est en son sein que sont prises toutes les décisions d'action. Le cerveau reptilien a le désavantage d'être ce que l'homme a en lui de plus primitif. Ses réactions sont prévisibles face à certains dispositifs, le cerveau reptilien est con comme un balai, il est rigide et compulsif, on ne peut pas lui faire confiance je tiens à vous prévenir tout de suite. Pour passer au Kärcher toute liberté individuelle et accroître l'étal où l'Ogre va se fournir en abats frais, les entreprises utilisent en amont de la chaîne alimentaire un message publicitaire. Ce message publicitaire a pour vocation de reproduire les activités cérébrales liées à la sensation de plaisir. Pour que le cerveau reptilien soit touché, il est de bon ton que le cerveau limbique connaisse une petite mort. C'est pour cela qu'un message publicitaire a également pour vocation de se reproduire, de façon régulière et rythmée, mais sur un laps de temps qui ne doit pas être trop court.

Vous ne vous souvenez de rien. Pas même de votre propre rang cette nuit-là ou une autre. Parce que l'haleine de l'Ogre est un brouillard épais. Exercice : calculez le pourcentage d'oiseaux morts qui s'échouent chaque jour dans la zone du marché. La vôtre. Celle où votre chiffon aime à briquer sa lampe magique. Celle où le bon Génie met *la puissance industrielle aux services de vos sols.* Si propres les sols, *si propres que l'on peut se voir dedans.*

Le professeur Clinton Kilts, directeur scientifique de l'Institut BrightHouse dit : Si la zone du marché est activée à la vue d'un produit donné, il est probable que c'est ce produit que l'on achètera, car cette région correspond à l'image qu'on a de soi-même.

Il était une autre fois un monsieur de trente ans qui s'appelait Himmler et qui ouvrit un camp du nom de Auschwitz I. Ce dernier était constitué de trente-deux bâtiments incluant une chambre à gaz, un crématoire, et un bâtiment réservé à son ami le facétieux docteur Mengele. Le docteur Mengele ne travaillait pas sur le temps de cerveau disponible, il avait d'autres priorités, comme la stérilisation des matériaux humains par ablation, exposition aux rayons X ou injection d'acide. C'était un homme très occupé qui a pris sa retraite en Amérique du Sud. Les milliers de sujets humains soumis aux expériences du docteur Mengele n'étaient pas du tout consentants. C'est d'ailleurs pour cela qu'on les qualifia de *Versuchspersonen,* soit *sujets d'essai.*

Je me suis demandé je me demande encore s'il était possible de ne jamais devenir une *Versuchsperson*. D'aucune manière que ce soit. Il est là, le problème encrassé d'oiseaux morts. À Bright-House sujets d'étude, à Auschwitz I sujets d'essai. Qu'est-ce qu'il pourrait en être de la télévision.

Dans son ouvrage *La destruction des Juifs d'Europe*, Raul Hilberg rapporte les dires d'Himmler, la grande échelle, les projets de dispositifs pour que l'extinction soit massive et les organes stérilisés. Il cite une lettre aussi, signée du SS-Oberführer Brack. Un projet soumis à Himmler, approuvé par la Chancellerie. *Les personnes devant être traitées s'approcheraient d'un comptoir pour répondre à des questions ou remplir des formulaires. Ainsi occupé, le candidat involontaire à la stérilisation ferait face à la fenêtre pendant deux ou trois minutes, tandis que le responsable assis au bureau actionnerait une manette qui déclencherait l'émission de rayons X à travers deux tubes dirigés sur la victime. À vingt comptoirs de ce type (coût à l'unité : de 20 000 à 30 000 Marks), on pourrait stériliser 3 000 à 4 000 personnes par jour.* Je me contente de recopier. Je sais et je saurai désormais je l'ai vu, je ne pourrai le nier. Tout vu, rien inventé.

Été 89 peut-être 90, traversée de la Manche je suis sur un bateau. Ennui et pulsions balustrade. Il y a une attraction interactive, une sorte d'enquête, quelques minutes, des gobelets, des bouteilles en aveugle mais pas toujours, la queue. Je n'ai pas trop d'argent, sodas aux extraits végétaux en open bar je me glisse et. Profil puis questionnaire je coche. Je dois tester, ensuite répondre.

Je bois du Coca plutôt souvent je mens, je le trouve différent j'affirme de son concurrent dit Pepsi. Je me souviens d'avoir douté et de m'être rappelé en tournant le fond de verre du bout de la langue contre le palais : les bulles sont plus petites dans le Pepsi que dans le Coca. On en a discuté entre sujets d'étude au terme de l'expérience et puis pendant, un peu. De la reconnaissance du produit. On en est ressorti dépouillé de nos certitudes. Enfin peut-être pas tous, j'avoue. Il était 16 heures un jeudi, et dans une salle sur un ferry on répondait tous la même chose, autour de moi tous la même chose. Au colin-maillard une seule voix, *c'est meilleur ça doit être Coca*. Je coche tu coches il coche, nous cochons vous cochez ils cochent. Je crois que des stickers à l'effigie de la marque étaient offerts après, mais je n'en suis plus certaine, je ne voudrais pas en rajouter.

Été 89 peut-être 90 je me suis demandé à peu près tous les jours si j'avais répondu Coca en connaissance de cause. Ou bien si c'était dû à un truc pavlovien. Je me méfiais déjà et quelque chose clochait. Coca ou bien Pepsi j'avais pas trop d'avis, ma préférence j'en savais rien, j'ai dit Coca quand même, presque spontanément, tout cela est fort étrange. On m'a tendu un verre, ceci est du Coca alors j'ai répondu juste cela est bon. Ça allait de soi, vous comprenez. Ça allait de soi dans ma tête avant que mes papilles n'aient transmis leurs données. J'ai su avant d'y réfléchir, on appelle ça une évidence, ça ne s'explique pas, c'est comme la foi, je crois en la bonté de Dieu et en l'excellence de Coca ; j'ai été éduquée pour croire en Jésus-Christ et me désaltérer au goulot d'une bouteille rouge et blanc, mes seigneurs, rouge et blanc. Je suis la mère Noël et mon œil s'est marbré du sang de Pinocchio.

Vous avez oublié Samuel Mc Clure et Read Montague, directeurs du laboratoire de neuro-imagerie humaine du Bayor College of Medicine de Houston. Vous avez perdu toutes leurs notes, leurs articles. À la Bourse le cœur était dit la corbeille, le vôtre n'est plus qu'un vide-ordures, plus obsolète encore qu'un valet du vieil Ogre, plus sec encore plus sec que les serres momifiées de tous vos oiseaux morts. Ce qu'ils ont démontré, IRM à l'appui : même s'ils préfèrent le goût du Pepsi en aveugle, les consommateurs optent pour le Coca-Cola lorsque le nom de la marque est donné. *Ils mobilisent alors une partie du cerveau, le cortex préfrontal médian.*

Je l'ai senti, vous saisissez, senti imperceptiblement, le cheminement du stimulus jusqu'à cette foutue zone du marché, le détour en boomerang qui rebondit odieux sur le larynx jusqu'à se catapulter en mots par-dessus les dents. Le moment précis, je ne sais pas. Ce dont je suis certaine c'est le vortex qui s'ensuit. Mon corps, ça faisait bien longtemps que je le savais perdu, soldé disséminé hypothéqué vendu rayer la mention inutile. Au vieil Ogre et à d'autres, à ses fils consanguins et à ses petits-neveux. Mes cellules tapinaient depuis toujours pour la maquerelle consommation, ma pulpe suçotée par les ventouses du tout spectacle, à mon corps rien de nouveau, je vous dis : rien de nouveau.

Le cerveau que de la bidoche, flatter les flancs et les ego, rien d'inédit bien sûr oui mais. S'il n'y avait pas eu l'âme, mon âme et toutes les autres alanguies au satin de l'écrin crânien je n'aurais peut-être pas eu si peur. Peur qu'elle n'adore que Dieu et le Coca-Cola. J'ai compris tard, je sais, que c'était la même chose.

Annette Schäfer, docteur en économie, dit : Voilà donc le moteur du commerce. Ce cortex préfrontal médian nous fait aimer ce qu'aiment les autres. Arriver à le stimuler pourrait donc être un objectif majeur d'une parfaite campagne publicitaire.

La stratégie publicitaire reproduit les activations cérébrales correspondant aux critères du plaisir. Je répète : reproduit les activations cérébrales.

Pièce 4/27

Note 1

Ce que j'aimais le plus dans les week-ends organisés par les Jeunes Chrétiens, contrairement à mes camarades, ce n'était pas l'opportunité d'un éventuel dépucelage, mais le fait que j'allais prier Dieu et boire du Coca-Cola. Dans le cadre des week-ends organisés par les Jeunes Chrétiens, prier Dieu et boire du Coca-Cola constituent des activités de groupe. Les notions de partage, de convivialité, de jeunesse et de plaisir sont inhérentes à ces deux rituels collectifs. Une image positive d'un soi appartenant à une communauté soudée, ravie et dynamique, est renvoyée au sujet qui ne se sent plus de joie.

Note 2

Lorsqu'on prie Dieu tout seul, on peut boire en même temps du Coca-Cola. Ça n'a aucun effet secondaire. À part, peut-être, une suractivité notable du cortex préfrontal médian.

Note 3

Je me pose des questions sous forme d'histoires très courtes, mais toujours le trognon de ma pomme d'Adam crie grâce, des asticots d'angoisse s'agitent strangulation. Ça fait mal, moi je trouve.

Note 4

Reproduire les activations cérébrales correspondant aux critères du plaisir : la perte de toute intégrité. Comprenez que vos têtes sont soumises chastes écluses à la pression d'un Styx charrié de saturnisme et d'oiseaux toujours morts. Autant que vos cerveaux.

Note 5

La télévision parle la langue des cacatoès, le téléspectateur celle des poulets grippés. Parce que tout est perdu, en rien il se transforme. En beaucoup de rien, énormément. Du rien qui s'émet et circule. Du rien dans le grand tout où j'habite à présent.

Note 6

J'aurais aimé un autre plan, une bataille plus qu'une expérience embourbée de précipités. Mais je n'ai pas eu le choix, ni du vent ni des armes. Pour sauver mon cortex l'affrontement se devait frontal, il ne pouvait en être autrement, j'aurais préféré autre chose, autre chose comme un grain de quartz qui fait hoqueter la machinerie, autre chose comme un champ d'ivraie cavalant entre les rouages, lianes d'arrogance et chat statue.

Note 7

Utiliser des feuilles d'aluminium pour se confectionner de ravissants chapeaux pointus et protecteurs n'est pas une solution. J'ai essayé, ça ne marche pas.

Note 8

Et puis. Surtout. Je ne voulais plus être une *Versuchsperson*. J'ai dit : il est grand temps ce soir de décider un peu. C'est comme ça que je suis devenue mon propre sujet d'étude. Ce n'est pas très difficile à comprendre, le pourquoi de la pancarte Ci-gît rat de labo. Contrairement à tout le reste. Puisque l'exposition s'avère inéluctable, autant y aller franco, n'est-ce pas. C'est ce que je me suis dit avant de démarrer le protocole. Je ne savais pas ce que je risquais, je n'en avais aucune idée. Je pensais effectuer un contrôle, revenir avec un tas de trucs, si possible des informations. Je n'ai aucune excuse, mais vous non plus, j'insiste. Vous non plus, encore moins.

Note 9

J'ai dit : je ne suis pas prisonnière de la télévision. Je ne suis pas non plus du Village. J'ai été un hiver l'aorte du Château. Je dis : rien ne me reste, si ce n'est l'observation. Je ne dis pas bonjour, certainement pas chez vous et je me sens plus seule que si j'étais un deuil. J'en suis même peut-être un, ce n'est pas impossible. Plus rien n'est impossible.

Note 10

Le projet fut conçu pour durer vingt-deux mois, au cas où, au final, ce serait l'Apocalypse. Il n'avait pas de nom. Il consistait en une étude, celle d'un sujet soumis du lever au coucher à la télévision.

Note 11

J'ignore si le dossier vous arrivera complet, ou s'il arrivera un jour. J'ajoute que. Je suis je dis un globule rouge, rouge comme la robe de Nicki. C'est parce qu'elle m'a appelée que l'écran a fondu. Ce n'est pas de ma faute. Je n'ai pas répondu je ne voulais pas répondre. Mais la voix de Nicki le savez-vous c'est quelque chose, quelque chose comme Blondie avec une queue de sirène.

Note 12

Il ne faut pas négliger le rôle que Nicki Brand ainsi que sa robe rouge eurent dans toute cette histoire. L'histoire d'un petit cerveau humain qui refusait de se rendre disponible et à qui il.

Pièce 5/27

« Il est certain que se coltiner la misère, c'est
entrer dans le discours de ce qui la conditionne,
ne serait-ce qu'au titre d'y protester. »

Jacques Lacan, *Télévision*.

Pièce 6/27

Lundi

Mise en place du dispositif. Dans la chambre comme dans le salon, un poste. Le salon sera mon bureau. Je viens de signer le contrat. Il est écrit je soussignée et m'engage à. M'exposer, me soumettre à la télévision. Dès les paupières écloses enclencher le bouton. Ne s'accorder drastiquement presque aucune pause, éviter de quitter l'appartement.

Je soussignée et m'engage à. Ne plus être une *Versuchsperson*. Savoir quand et comment le message est perçu. Comprendre quand et comment mon cerveau soudainement s'offre enfin disponible. Scruter les émissions qui ont pour vocation de divertir ce cerveau, de le détendre, de le préparer entre deux messages. En décrypter le fonctionnement, mais surtout. Consigner toutes mes réactions et leur évolution face aux multiples stimuli dont je serai bombardée au cours de l'expérience.

Je ne suis qu'un sujet d'étude. Il fallait en passer par là pour simuler l'effet de maîtrise, je suis consciente de mes névroses autant que de mes incomplétudes, c'est important de le noter. Je n'espère rien de particulier au terme de ce non-événement. Rien de concret, je veux dire. Rien d'utile pour l'environnement. Source d'inintérêt public. En 1926 le slogan de Coca-Cola était : *Stop at the Red Sign*. En 1927 : *Around the corner from everywhere*. En 1928 : *A pure drink of natural flavours*. En 1929 krach boursier, défenestrations : *Coca-Cola, the pause that refreshes*. C'est une question de grille de lecture, de charbons ardents barbecue, et puis bien sûr de partition. Enregistrer le chant de l'Ogre parce que la ritournelle conjure. Il y a de ça, c'est évident.

Ça sera une histoire. Par exemple. Juste une histoire. Une fiction, mais la mienne. Raconter je crois bien que je n'aime pas ça du tout, à moi-même encore moins, vraiment, non, ça ne m'amuse pas. S'amuser c'est *perdre son temps à des riens*. Ce n'est pas moi qui le dis, c'est le Petit Robert. Tant qu'à s'occuper à des riens, je préfère les vivre pour de vrai plutôt que de les imaginer. C'est peut-être de la flemmardise, ou la lassitude des tentures.

Le secret de fabrication du temps de cerveau disponible, je ne sais pas si je le trouverai. Je voudrais juste cerner les phases du formatage et de l'aspiration. À la question : cette expérience constitue-t-elle une excellente excuse pour ne rien branler sur le canapé, je réponds par la négative. Il ne s'agit pas de vivre devant la télévision. Il s'agit de vivre avec.

À la base, je n'avais rien contre la télévision. Deux heures par jour en face à face, plus un peu moins en fond sonore. Je pense qu'il va me falloir du temps, un temps d'exposition soutenu avant d'obtenir quoi que ce soit, une piste ou mieux un résultat. Le plus dur, c'est l'après-midi, enfin ce sera. Ça j'en suis sûre. Je peux tricher avec le câble mais je sais que ça ne suffira pas. Les programmes de l'après-midi ils empestent la solitude, les regrets et le chagrin dilués dans l'eau de Cologne.

Mardi

Pour l'instant rien. Je me lève entre midi et deux, je ne touche plus à la radio. Je recherche l'immersion totale, ça durcira le processus. J'ai un peu peur de m'ennuyer. À 16 heures je me suis rendu compte que si je m'étais imposé de rester strictement devant le poste de télé sans aucune autre occupation, j'abandonnerai sûrement ce soir. C'est à cause de l'après-midi, du sacrifice de son silence. Dans mon immeuble tout le monde travaille, depuis que la petite vieille est morte la courette et les quatre étages se taisent sagement toute la journée. C'était seulement vers 18 heures que j'allumais le poste, avant. Parce que je ne pouvais pas lutter contre la vie des autres, les gosses qui reviennent de l'école, les cavalcades dans l'escalier et les fratricides au parquet. Les parents qui rentrent du bureau, le sac de courses qui se renverse, à table tout de suite ou la torgnole. De la télévision comme écran à la parenthèse.

Maintenant je ne suis plus seule, jamais. C'est quand même embêtant. Cette expérience aurait été utile en tant qu'outil thérapeutique lors d'un épisode dépressif, mais pour une fois je vais très bien. Je suis plus résistante, mais déjà agacée.

C'est un problème de rythme, de volume fluctuant suraigu et de flux continu, je n'ai ni le pied marin ni le sens de la mesure, je n'arrive pas encore à m'adapter, je me sens lourde, pataude, j'ai un peu mal au cœur et comme une impression de rester sur le quai. Je n'arrive pas à prendre le train. Une chenille wagonneuse serpente à l'infini et moi tout à côté, tout à côté à la même place. Si je monte dedans ce n'est pas à l'intérieur, je suis au marchepied doigts crispés à l'acier de la rampe, la porte me nargue, scellée, ma joue se soude au givre de la vitre. Je pense aux rites de passage, à l'éthnométhodologie, aux petites souris blanches du fils du Théoriste, à ma crampe à mon abandon et je lâche prise toutes les trois heures.

Vers 6 heures j'ai coupé et je suis allée au lit. Il y a toujours ce petit son moussu qui disparaît par absorption quand j'éteins la télévision. Je crois que c'est dû à la surchauffe de l'appareil. Les ondes rentrent dans la boîte, mise hors tension. Les modes binaires sont rassurants. La rosée électrostatique s'évapore, le silence qui s'ensuit est toujours un peu moite, certains soirs arrogant.

J'avais la télécommande dans ma main, j'aurais pu éteindre de loin, faire pivoter le fauteuil la paume sur le verre jauni du bureau, appuyer sur le bouton rouge, déguster la première minute du changement d'atmosphère, écouter mes ventricules battre ; enfin quitter la pièce. Mais je me suis mise debout, j'avais la télécommande dans la main mais je me suis mise debout, détour. Plantée devant, juste devant. À quelques centimètres de la jeune Jenifer qui m'informait que sa révolution portait mon nom. J'ai fermé les yeux, inspiré et tendu le bras. C'est là et seulement là que mon pouce s'est écrasé au rectangle de plastique. La nuit j'ai rêvé de pâtes fraîches et d'escalopes de poulet crues qu'on mangeait en banquet à la gare d'Austerlitz. Il y avait un journaliste et les faux témoins avaient faim.

Mercredi & Jeudi

Je n'avais pas d'avis sur ma télévision. C'était juste un objet utile, un produit brun, quelconque mais un peu cher quand même. Encombrant et inesthétique. Difficile à caser dans une chambre de bonne, impossible à gérer pour qui tente le feng shui, parfaitement angoissant puisque signifiant quelque chose. Toujours quelque chose. Pour soi comme pour les autres. L'organisation de l'espace vital autour, chez les bourgeois le *coin télé*, parfois quatre murs consacrés mais toujours attention distance, cloisons, invasion tolérée au centre du foyer contrôle de la situation. Les familles où l'écran trône au bout de la table, chez qui Jean-Pierre Pernaut prend part au déjeuner. Installation au centre ou à l'angle de la pièce et puis laquelle, lesquelles. Aménagement en couple c'est une grave décision, où on met la télévision. Un peu comme combien de fois par mois on ira dîner chez ta mère, où on met la télévision c'est une question très épineuse. Parce que depuis tout petit et maintenant chez tout le monde il y a papa maman et la télévision. Orphelin ou doté de parents debordiens, faut composer avec ou sans. La télévision. Le complexe d'Œdipe, le complexe de Jocaste, qu'en est-il de Créon.

Alors. C'est quoi, sa place, à la télévision. Quand elle est branchée à l'antenne. Quand elle est juste elle-même. Qu'elle n'est pas disponible, ni à disposition. Quand elle est éveillée, qu'elle fabrique et diffuse un discours incessant du fond de son cube moche ou d'une high-techienne platitude. La fenêtre béante sur un réel du monde. Un réel plus obscur et beaucoup plus nombreux que celui de mes voisins, que celui de tout l'immeuble. Où poser la bouche de l'enfer, à Sunnydale, au bleu Paris, où asseoir la télévision et est-ce qu'elle salope la moquette. Entendu sur M6 ce soir : *Et contre la contamination Danielle est pleine d'astuces.*

Vendredi

La télévision habite le salon. La chambre elle s'y agite très peu. La chambre n'appartient pas strictement à la zone réservée à l'exposition du sujet à la télévision. La chambre est partagée, Igor a de plus son propre bureau. Igor est irrationnel et molletonné mais se méfie beaucoup de la télévision. Il a été convenu que les seules entités corporelles vivantes pouvant être victimes de dommages collatéraux inhérents au déroulement de ladite expérience seraient nos chats, répondant respectivement au nom de Temesta et d'Oneko. Temesta et Oneko sont les premiers êtres vivants à avoir manifesté une réaction de rejet d'ordre physiologique face aux signaux de la télévision. À minuit passé de trente-cinq minutes, alors que pour la douzième fois consécutive le titre de l'émission diffusée était cité par son présentateur producteur, les animaux domestiques ont de concert déserté le canapé pour se réfugier dans le bureau. Oreilles couchées et protestations vives adressées à l'écran. Entendu ce soir : *C'est pour ça que Brigitte est venue sur le plateau de Sans Aucun Doute. Brigitte, qu'attendez-vous de cette émission Sans Aucun Doute ?*

Samedi

Migraine. Depuis le début de la semaine, entre douze et seize heures d'exposition par jour, je l'attendais sous peu mais pas aussi violente. Lunettes, cheveux attachés, Codoliprane 6 et Baume du Tigre. À 18 heures suis passée aux neuroleptiques, le côté gauche du crâne paralysé au tout dedans, poids moribond soubresauté d'aiguilles vicieuses, en pleurer ne servait à rien.

Passer son samedi soir devant ou à côté de la télévision est une activité qui fait sens au point de constituer en soi une information significative quant à. Le samedi soir est nuit de liesse, l'employé redevenu humain se doit de consommer du sexe, de l'alcool, de la drogue et du divertissement. À noter qu'à Paris les hauteurs du Château nuisent aux fuseaux horaires et que ce fut le jeudi, à présent le vendredi en attendant le dimanche que ce charmant rituel se déroule sans heurts. Le samedi soir chez soi avec pour seules saillies celles de Laurent Baffie rend la femme dépressive et le mâle célibataire invariablement mythomane. Le samedi soir aussi est nuit de liesse dans la télévision. Alors on voit du sexe de l'alcool de la drogue et beaucoup beaucoup de meurtres, car c'est là qu'est la moelle de tout divertissement. La moelle j'ai essayé plein de fois, avec du gros sel comme il faut, du pain de plein de sortes mais ça ne change rien, c'est lié au grès de la texture et ça me file une gerbe folle, c'est comme du beurre de macchabée qui se répand tiédasse sur la langue en laissant ses grumeaux graisser tout l'œsophage.

Dimanche

Toujours la migraine. Plus diffuse, moins prégnante, capricieuse quand la lumière baisse. Ai visionné *Super Size me* de Morgan Spurlock. Une impérieuse envie de Big Mac pendant le générique de fin. Combien de fois j'ai entendu très distinctement le mot *Mc Donald's* cette semaine pour en arriver déjà là. À ce point. Combien de fois, oui par semaine, et puis depuis combien d'années. Quand le temps de cerveau est alloué avec régularité et long terme aux mêmes marques, quel message, sous quelle forme, pourrait interférer pour lui rendre sa jachère.

J'ai l'impression que c'est trop tard, que mon terrain est pathogène, que je ne suis pas un sujet sain et que c'est une idée idiote, parfaitement idiote. Je n'arrive même pas à distinguer, et à me rappeler encore moins. Et pourtant j'ai noté : première semaine 154 heures et 27 minutes. Et aussi : *La télévision est une activité sans mémoire.*

Pièce 7/27

Je me pose des questions sous forme d'histoires très courtes, mais toujours l'Ogre est là vérolant ma golden. C'est un peu triste, je trouve. Le mot juste : pathétique. Trois syllabes expulsion d'un mépris abyssal, où en écho toujours, une sonate aigrelette s'empourpre d'impuissance.

Il serait donc une autre fois, mais alors vraiment différente, la télévision. La mienne et puis la vôtre. Celle où mon corps figure et mon cerveau croupit. Celle où les engelures qui ceignent vos synapses s'épanouissent aux divans profonds sous la curée.

La légende rapporte qu'en 1987 il fut un 16 avril pluvieux. Entre deux giboulées tardives, Francis Bouygues acheta la première chaîne hertzienne d'un pays appelé la France, 50 % des parts pour 3 milliards de francs. Le ministre de la Culture et de la Communication avait alors pour nom François Léotard. Il avait déclaré que son choix privilégierait *le mieux-disant culturel*.

Francis Bouygues confia à la presse combien il était satisfait, enthousiaste et drôlement content. Parce que ce n'était pas seulement la chaîne de télé 1 qu'il venait de s'offrir. Mais *le premier bouton de la télécommande*.

Je pose donc ma question l'alternative est brève, dix lignes au maximum. Les histoires les plus courtes sont celles dénuées de leurres, je ne veux plus m'encombrer les bagages sont trop lourds. Je ne suis qu'un témoin à décharge. Une narratrice quelconque, j'insiste.

Uchronie 1
1987. Le groupe Hachette remporte le marché du *mieux-disant culturel* et acquiert 50 % de TF1. Attendu que le groupe Hachette. Attendu que le marché de l'édition française. Attendu que le premier bouton de la télécommande.

Uchronie 2
1987. Sur les avisés conseils d'Élizabeth Teissier et d'un sophrologue anonyme, le gouvernement renonce à privatiser TF1. Attendu que le gouvernement. Attendu que la propagande. Attendu que le premier bouton de la télécommande.

CQFD
Ça ne sert plus à rien d'avoir de l'imagination.

Pièce 8/27

1.

« Le féminisme pousse les femmes à quitter leurs maris, à tuer leurs enfants, à pratiquer la sorcellerie, à détruire le capitalisme et à devenir lesbiennes. »

Pat Robertson, pasteur télévangéliste fondateur de la Christian Coalition, discours lors de la convention du Parti républicain, 1992.

2.

« Chaque mois, plus d'une femme sur cinq en Europe est trahie par sa serviette. Il faut que ça change ! Votez Nana. »

Campagne publicitaire du groupe SCA Hygiene Products pour les produits Nana, 2006.

3.

« SCA est un groupe papetier qui fabrique et commercialise des produits d'hygiène, des solutions d'emballage et des papiers d'impression. Avec 44 000 collaborateurs dans plus de 40 pays à travers le monde, SCA a réalisé en 2003 un chiffre d'affaires de 9,3 milliards d'euros. Sa filiale SCA Hygiene Products est l'un des leaders européens en produits d'incontinence, hygiène féminine, change-bébés, produits d'essuyage sanitaire et domestique et en produits d'hygiène et d'essuyage professionnels.

« SCA est détenu par des actionnaires privés. Ses actions s'échangent principalement à Stockholm et à Londres, avec certaines transactions aux États-Unis.

« SCA est une société holding créée en 1929 par le regroupement d'une dizaine de sociétés forestières suédoises dont certaines datent du XVIIe siècle. En 1950, les sociétés ont fusionné pour créer SCA, qui au travers de fusions et d'acquisitions, est devenu aujourd'hui un groupe mondial.

« SCA Hygiene Products possède 48 unités de production dans 23 pays en Europe, Amérique du Nord, Amérique latine, Afrique, Australie et Asie du Sud-Est. Aujourd'hui nos produits d'hygiène féminine représentent plus de 4 000 références à travers le monde.

« Nos produits d'hygiène féminine sont vendus partout dans le monde sous différentes marques : Nana (France), Nuvenia (Italie), Bodyform (Angleterre), Libresse dans les autres pays européens, Saba (Mexique), Nosotras (Amérique du Sud), Libra (Australie) et Lifestyle (Afrique du Sud).

« La plupart de nos produits étant fabriqués à partir de la fibre de cellulose des arbres, nous travaillons constamment à maintenir l'équilibre entre une production de bois élevée et durable et la préservation de la diversité biologique. Toutes nos opérations forestières sont certifiées selon la norme ISO14001 régissant l'environnement, et sont certifiées par l'organisme environnemental international FSC (conseil de gestion forestière).

« Nana développe des produits qui répondent aux attentes des femmes d'aujourd'hui en terme de confort et de sécurité : une découpe anatomique unique, matelas super-absorbants, protections qui contrôlent les odeurs, voiles des surfaces extra-souples...

« Au fil des ans, SCA a prouvé sa capacité à innover en étant par exemple la première société à créer un protège-slip spécialement conçu pour les strings. Aujourd'hui nos produits d'hygiène féminine représentent plus de 4 000 références à travers le monde. »

Communiqué des Relations Clientèle Nana, FAQ du site, 2006.

4.

« Tu sais, moi, je connais quelqu'un qui est mort mais pas de son plein gré. »

Ève Angéli, La Ferme Célébrités,
TF1, 2004.

Pièce 9/27

Lundi

C'est la troisième semaine, j'ai de nouveaux repères. La télévision me structure. J'adapte mon biorythme au sien, imperceptiblement. Le tronçonnage du temps par la boucherie du collectif jusqu'ici était un problème. Je ne sais jamais quel est le jour, j'entretiens avec les cadrans un rapport des plus personnel, le concept d'emploi du temps me pétrifie autant que son aura écolière. Aujourd'hui je sais quand je suis, sans discontinuité.

Tout ce que je dois effectuer dans la journée se passe sur mon ordinateur en compagnie de la télévision. Je ne rate rien de ce qu'elle me dit du monde et de ses actualités. J'aime ce soir cette répétition, les formules manufacturées lustrées, la cadence de leur polissage ; l'usure des courroies m'importe peu, j'ai le tympan bercé, mes yeux suivent les mouvements lestes des ouvriers, huile boulons huile, montage. Une seule et vaste chaîne dans l'usine. Dans l'usine à temps de cerveau disponible qu'est la télévision. J'aime la viande bleue, pas boucanée. Pourtant je me sens forte de données sur le monde, je me souviens des chiffres moi qui n'y entends rien. Je me sens emplie, satisfaite. Au bord de la métanoïa.

Mardi

Je me sens concernée par tout, absolument tout ce que je vois. Je n'arrive plus à hiérarchiser ce que j'engrange. J'ai passé la journée à traquer les JT, j'ai fait de même la nuit. Les mêmes chiffres rabâchés et les mêmes citations. Les mêmes images, aussi. Seule la syntaxe change, la voix est identique, j'en reste persuadée. Mannequin tronc mâle parfois femelle, mais toujours par leur bouche parle la télévision. Peut-être que l'information est un alcaloïde.

Mercredi

Il y a une toile d'araignée au-dessus de mon bureau, à l'angle. Et beaucoup de poussière sur la télévision. Le sol de la cuisine est pénible car très salissant. Il y a toujours des cheveux sur les carreaux de la salle de bains. Passer la serpillière m'ennuie, principalement à cause du balai qu'il faut sortir du placard sans faire tomber exagérément d'objets dont la boîte à outils. Et puis aussi parce que la serpillière à essorer c'est dégueulasse, en plus ça me rappelle ma tante, la Javel et l'odeur du Pliz.

Jeudi

Selon une étude personnelle menée depuis l'été 2001 : 99,9 % des candidats d'émission de téléréalité utilisent le terme d'*aventure* au sein même du programme pour qualifier leur expérience.

Aventure signifie d'après le Petit Robert : ce qui arrive d'imprévu, de surprenant ; ensemble d'événements qui concernent quelqu'un.

Vendredi

J'ai faim. De plus en plus souvent. Depuis que j'appartiens à la communauté des téléspectateurs mon appétit grandit, une voracité intrigante. J'ai des pulsions nombreuses, je suis très réactive à la publicité et comprends que ses pages ne sont jamais étanches.

Tout le monde aujourd'hui mangeait des chips dans la télévision. Je l'affirme. Je n'ai pas cessé de zapper, ça n'a servi à rien. Ça a commencé à l'heure du goûter, avec un pic notable au moment de l'apéritif et ça s'est amplifié nettement, envahissant les autres programmes sans même passer par le sponsoring. Tout le monde mangeait des chips ce soir, avant après pendant la promotion produits dans l'espace agréé.

Les chips ça ne m'intéresse pas trop, c'est important de le préciser. Je dois en croiser deux fois par mois, le dernier paquet acheté hors soirée collective remonte à plus de trois ans. D'ailleurs elles étaient au vinaigre. C'est pour ça que c'est très bizarre, et que j'ai relevé la récurrence chipsienne, et que je sois furieuse de ne pas avoir trouvé un épicier ouvert à trois heures du matin. Quelque chose ne va pas, ou ne va plus très bien.

Samedi
Acquisition d'un balai et d'un plumeau Swifer. Début de migraine vers 23 heures.

Dimanche
Dans sa correspondance à Louise Colet, le 14 août 1853 Flaubert écrivait : « Tout ce qu'on invente est vrai, sois-en sûre... Ma pauvre "Bovary", sans doute, souffre et pleure dans vingt villages de France à la fois, à cette heure même. »

Dix jours plus tard, dans les cuisines du on ne peut plus raffiné Moon Lake Lodge à New York, George Crum inventait la chips rien que pour emmerder Cornelius Vanderbilt. Cornelius Vanderbilt (1794-1877) était à l'époque encore dans la navigation, les bateaux à vapeur, le fret, magnat du chemin de fer c'est arrivé plus tard. Dans l'Encyclopédie gratuite il est écrit « capitaliste américain » à côté de son nom. Au Moon Lake Lodge, Cornelius Vanderbilt était un client difficile redouté par le personnel et choyé par la direction. Son truc, c'était les pommes de terre sautées. Invariabilité de la garniture, constance du demi-tour garçon. Toujours trop grosses, oui trop épaisses, les rondelles dans l'assiette, toujours trop blanches à l'intérieur, ça manque d'or et de croustillant, dites au chef qu'il s'applique cela devient agaçant.

George Crum a la migraine et ne peut rien y faire, l'acide acétylsalicylique de synthèse vient juste d'être expérimenté à Strasbourg par Charles Frédéric Gerhardt, ce dernier n'ayant rien trouvé de mieux que de disparaître, à peine son brevet déposé, il faudra attendre 1899 pour se procurer de l'aspirine à Saratoga Springs. Crum sera mort avant et il maudit le Hollandais si capricieux du tubercule.

Il les a coupées très finement, les pommes de terre, des lamelles translucides jetées dans l'huile bouillante, c'était la langue de Vanderbilt qu'il débitait minutieusement, rageusement, c'était le sang de Vanderbilt déposé à la poêle fumante, la lame sur le plan de travail faisait un petit bruit infiniment nerveux, un rythme ternaire très primitif, le coupe-coupe ou la nuque d'un colon à briser. Il a mis un pansement, George Crum, j'en suis sûre. Pour ne pas signaler sa haine sur porcelaine. Déjà que là, il risquait sa place, ne surtout pas en rajouter en maculant les rebords, il a mis un pansement et a laissé l'assiette partir. Mais le mal était fait.

Le sang avait coulé, et c'était suffisant. Au couteau effréné, quelques globules furieux avaient crié vengeance juste avant de cailler. Le sang de George Crum charriait de la colère et des sorts très puissants répondant aux noms d'*Addiction* et de *Dommages cardio-vasculaires*. George Crum a mis un pansement mais une goutte rouge se pétrifiait sur le bois de la table, une goutte qui persiflait : Sois damné, Vanderbilt, lorsque la Vanité s'allie au péché Gourmandise un sceau peut céder sur-le-champ. Ce soir-là George Crum, en affrontant bravache des tréfonds des cuisines un petit-fils de l'Ogre, invoqua sans le savoir les trompettes cavalières de l'industrie agroalimentaire. Si ce n'est pas précisé dans l'Encyclopédie y compris en version payante, c'est juste parce qu'on vous cache des choses, vous pouvez en être certains.

Je reprends. L'assiette en salle et le client. Usage de la fourchette exclu pour qui souhaitait tester le produit. Exotisme et innovation. Vanderbilt leader d'opinion, lancement sur le marché. Désormais sur la carte figure une spécialité bientôt mondialement consommée. Son nom : Saratoga Chips.

La chips existe depuis 1853, année où Levi Strauss confectionne le premier blue-jean et où le bovarysme ne constitue pas encore en soi un marché.

Allongée sur le lit, à mes pieds la télévision. Je n'aime pas mon reflet dedans, mastication inextinguible, la lueur d'une hyperphagie vicelarde, j'aimerais noter Jekyll et Hyde mais c'est autre chose que je vois. Quelque chose que je n'aime pas, la marque au front, peut-être, d'une disponibilité cervicale.

Sur l'écran noir de la télé, je regarde et je pense. À Emma Bovary qui s'observe au miroir en guettant sur ses traits l'effet *j'ai un amant*. À Isabelle Huppert qui l'incarne chez Chabrol, ses mains et son visage et cet instant de grâce où ce n'est plus qu'Emma, corps et âme plus qu'Emma qui répète quatre mots. À Dorian Gray aussi j'y pense, c'est pour ça qu'à mon tour je porte mes mains à mon visage, mes mains grasses trembloteuses à mon visage bouffi. *Le Portrait de Dorian Gray*, publication en 1890. Cette année-là se portait le premier jean dit 501. *Alors elle se renversa la tête en poussant un soupir et retomba sur l'oreiller*.

Les chips dans la bouche c'est toujours trop salé, c'est comme des larmes aux pommes de terre à qui on a enlevé les yeux.

Pièce 10/27

Chaque Français consomme une moyenne de 4 kilos de sel par an, soit le double de la dose limite fixée par l'OMS.

Sur ces 4 kilos, 80 % sont issus d'aliments produits par l'industrie agroalimentaire.

Un bol de céréales contient autant de sel qu'un bol d'eau de mer. Un paquet de chips, trois.

Pierre Meneton est chercheur à l'Institut national de la santé et de la recherche médicale (Inserm).

En 2001, Pierre Meneton a, par le biais d'une interview donnée au magazine *Le Point*, transmis un certain nombre d'informations.

1. « La majorité des études scientifiques actuellement disponibles montrent que l'excès de chlorure de sodium serait responsable chaque année en France d'au moins 75 000 accidents cardio-vasculaires, dont 25 000 décès. »

2. « Dans un pays comme la France, une réduction de 30 % des apports en sel entraînerait un

manque à gagner de 40 milliards de francs par an pour l'agroalimentaire. »

Je mange des chips Lay's. Les chips Lay's sont *plus craquantes, fondantes, grâce à un procédé de fabrication unique et à un emballage multicouches préservant la saveur d'origine de la pomme de terre.*

Il existe sept variétés de chips Lay's. J'ai choisi *Lay's Saveur Poulet Rôti et Thym*. Je me suis dit que ce serait probablement infâme et que je ne risquais aucune addiction.

L'originalité du poulet relevé d'une pointe de thym pour égayer vos repas en famille. Je l'ai choisi pour ça aussi. *L'originalité du poulet.* Je trouvais ça intéressant. Peut-être à cause de la grippe aviaire. *L'originalité du poulet relevé d'une pointe de thym pour égayer vos repas en famille.*

Mon paquet de chips pèse 150 g. Ingrédients : pommes de terre, huile végétale, arôme poulet rôti et thym [arôme, exhausteurs de goût (glutamate monosodique, inosinate disodique, guanylate disodique), maltodextrine de blé, poulet lyophilisé, lactosérum en poudre, feuille de thym en poudre, extraits d'herbes et d'épices, lactose, jaune d'œuf en poudre, colorant (rocou)], sel.

Au dos de mon paquet il est écrit : *Pour 100 g.* Puis *Énergie : 2 030 kJ/485 kcal. Protides : 6,5 g. Glucides : 54 g, dont sucres : 4 g. Lipides : 27 g, dont saturés : 11 g. Fibres alimentaires : 4 g. Sodium : 1,4 g.*

Un paquet de chips contient autant de sel que trois bols d'eau salée lorsque son taux de sodium est de 0,7 g. Sur mon lit, sans faire la grimace, j'ai bu la tasse et par six fois.

Quand je me noyais toute petite, en vacances à Carnac ou bien dans ma baignoire, papa maman trouvaient ça drôle et alors ils riaient. Les grands bols d'eau salée ont beaucoup de vertus. Dont la principale est d'*égayer vos repas en famille.*

Je pense que l'eau de mer joue un rôle dans le développement et la croissance des oiseaux morts.

Lay's appartient au groupe PepsiCo, qui produit également les marques Pepsi et Tropicana.

Lorsque PepsiCo communique, PepsiCo dit : *La recherche de l'excellence est notre souci permanent, la pro-activité notre attitude face aux enjeux du marché.*

Lorsque PepsiCo communique, PepsiCo ajoute : *Une culture qui s'exprime également à travers nos valeurs, celles-là mêmes qui ont modelé, au fil des ans, l'image du groupe PepsiCo : AUDACE, PROFES-SIONNALISME, INTÉGRITÉ.*

Ma soif a duré six heures. En six heures j'ai ingurgité deux litres et demi de liquides, les lèvres scellées au goulot.

Steve Reinemund, Chairman et Chief Executive Officer de PepsiCo Inc. déclare : *Si nous regardons l'avenir, PepsiCo est plus fort que jamais. Nos objectifs sont clairs et nous sommes idéalement positionnés pour croître. Nous continuons de nous rapprocher de notre but ultime d'être la meilleure société de produits de grande consommation au monde.*

Été 89 peut-être 90 j'étais sur un bateau qui traversait la Manche, lors du test en aveugle j'ai préféré Pepsi mais le Coca-Cola a eu, lui, la faveur de mon cortex préfrontal médian. J'étais déjà conditionnée. À présent en aveugle je ne me trompe plus du tout et en six heures j'ai bu deux litres et demi de Coca light. Je ne sais pas si l'audace, le professionnalisme et puis l'intégrité ça marche à tous les coups. Par contre les maux de ventre à bouffer du charbon, ça demeure une constante.

Pièce 11/27

Bilan du 1ᵉʳ mois

Ce que je vois ce que j'entends ce que je dis ce
que je pense, ce n'est déjà plus la même chose. Je
ne sais pas si c'est dû aux tentatives de résistance,
au fait qu'à force d'attention la perception se modifie. Les écrans de pub sont nombreux, leurs horaires similaires, changer de chaîne ne résout que très
peu le problème, changer de chaîne signifie juste
changer de cible. Un disque Universal/des produits
d'entretien/un jeu de Playstation/une convention
obsèques/un livre de Marc Levy/des produits sur-
gelés/un téléphone portable/des tampons à la fleur.
On ne peut jamais fuir, dans la télévision. On peut
changer de map et de type de canon, mais tant que
le poste est allumé on reste soumis aux radiations.

Je ne ressens pas encore la mise à disponibilité
de mon temps de cerveau. Juste les sollicitations,
leurs effets et leurs conséquences directes. Ça joue
sur ma consommation, sur certaines opinions liées
à l'actualité, et sur ma langue, parfois. J'utilise les
mêmes termes que ceux déjà présents dans le discours que je restitue. Igor a remarqué que quand
je lui résume n'importe quel programme en cours,
mon registre langagier est l'éponge de celui tenu à
l'intérieur de la télévision. Il est arrivé par deux fois

que j'emprunte un tic de langage qui ne m'était pas familier. Étant recluse dans la maison, la source du virus est plus qu'identifiée.

Ce qui m'ennuie et m'effraie presque, c'est l'agencement de la voix de l'Ogre. Ses échos par-delà l'espace qui lui est imparti, ses ricochets de baryton et son sourire Chat Cheshire qui me nargue jusqu'aux téléfilms.

S'il n'y avait eu que les chips, je n'aurais peut-être pas poursuivi à coups de pioche mes investigations. Je serais passée à autre chose. J'aurais peut-être mené une étude sur l'effet hypnotique premier de la télévision, pour vérifier comment ça se passe concrètement dans mon crâne, l'enclenchement de la léthargie.

L'électroencéphalogramme enregistre des ondes bêta lorsqu'un sujet effectue n'importe quelle activité courante. Un cerveau humain ne produit des ondes alpha que lorsqu'il ne travaille pas, or seules des ondes alpha sont produites lorsque le sujet regarde la télévision. Oui, j'aurais pu vérifier ça, s'il n'y avait eu que les chips. Tenter de constater que devant certains programmes la somnolence s'impose plus rapidement, plus fort, à des heures où Morphée a beaucoup mieux à faire. Que la simple vision de certains présentateurs a des répercussions directes sur les courbes de l'électroencéphalogramme, que certains mots agissent en stimuli parfaits.

Mais il n'y a pas eu que les chips. Ça peut partir ou non d'une publicité officielle, mais dès que je me fixe sur un objet, je le retrouve inéluctablement au moins une fois par heure quel que soit le chemin de la télécommande.

Remarque 1

Nous entendrons par objet absolument tout ce que l'on veut, Nicolas Sarkozy ou un paquet de chips.

Remarque 2

La sensation d'être poursuivi par un objet quelconque sur un temps donné est fréquente chez les animaux doués de raison.

Remarque 3

S'il peut incarner les prémices d'une paranoïa ou d'un épisode psychotique, ce symptôme reste majoritairement passager et bénin, conjoncturel.

Remarque 4

L'animal doué de raison a un besoin vital de maîtriser son environnement. C'est pour ça qu'il a créé la roue, le shampooing démêlant, les camps de concentration, le Coca-Cola, et peut-être même Nicolas Sarkozy.

Remarque 5

Un animal doué de raison ayant la sensation d'être poursuivi par un objet quelconque dans la télévision ne vivra pas cette expérience de la même façon qu'un autre animal doué de raison ayant toujours la sensation d'être décidément poursuivi par un objet quelconque, mais lors d'un cocktail mondain.

Remarque 6

Moult troupeaux d'animaux doués de raison affirment : il est plus simple dans ces cas-là de contrôler la télévision que son environnement, car il est plus aisé d'appuyer sur le bouton off que de convaincre Marion de fermer sa grande gueule ou aux quarante invités d'arrêter de manger des chips.

Remarque 7

Lorsque la télévision est coupée, elle parle toujours ailleurs dans plein de quelques parts, contrairement à Marion qui pleure silencieusement de honte dans les toilettes.

Remarque 8

La sensation d'être poursuivi par un objet quelconque sur un temps donné peut être fondée ou infondée, a fortiori lorsque la présumée victime appartient à la communauté des téléspectateurs.

Remarque 9

La sensation d'être poursuivi par un objet quelconque sur un temps donné est considérée comme fondée si la récurrence des faits est constatée par huissier ou tout corps de métier susceptible de convenir.

Remarque 10

La sensation d'être poursuivi par un objet quelconque sur un temps donné dans la télévision est liée à un hasard spécifique. Ce hasard spécifique peut être de l'ordre du fatum ou de l'ordre imposé.

Remarque 10 *bis*

(Exemple de hasard spécifique relevant du fatum.)

Le 17 janvier, une personne de sexe féminin venant de pratiquer une IVG m'a confié avoir regardé la télévision en rentrant de la clinique afin de se *changer les idées*. Ce qui n'en est pas une très bonne vu que même Jean-Pierre Pernaut parlait des trente ans de la loi Veil.

Remarque 10 *ter*

(Exemple de hasard spécifique relevant de l'ordre imposé.)

N'importe quel jour, Jean-Pierre Pernaut parle de Nicolas Sarkozy.

Remarque 11

Lorsque le sujet d'étude prend conscience qu'il est en présence d'une récurrence liée à un hasard spécifique relevant de l'ordre imposé, sa réaction varie rarement.

Le sujet sait que la répétition est en soi constitutive et de la voix de l'Ogre et de ce média, il ne devrait pas s'en émouvoir. Pourtant il n'en est rien.

Remarque 12

De nombreuses études effectuées auprès d'un panel représentatif de la population dans mon salon démontrent que les animaux doués de raison voyant pour la cinquième fois consécutive Nicolas Sarkozy ou un paquet de chips dans la télévision manifestent une certaine contrariété dès lors qu'ils sont conscients de la répétition.

Remarque 13

Les animaux doués de raison n'aiment pas du tout être contrariés. Les animaux doués de raison ont des réflexes que le cœur ignore, d'ailleurs tout se passe dans le cerveau.

Remarque 14

Le réflexe le plus courant face à une contrariété est la colère. La colère est une émotion qui traduit une insatisfaction ou une frustration. Lorsqu'un animal doué de raison est contrarié, son système limbique entre en intense activité. Le système limbique est dit aussi cerveau limbique ou cerveau paléomammalien. Il est le siège des émotions. Les émotions sont de nature animale et ne sont pas douées de raison.

Remarque 15

Baruch Spinoza (1632-1677) : « Les sentiments de douleur ou de plaisir forment le soubassement de notre esprit, esprit qui est une seule et même chose que le corps. »

Remarque 16

Le corps humain est constitué d'organes qui ont des fonctions. Les fonctions nerveuses les plus élaborées sont le langage, les pensées abstraites et la motricité. Elles sont gérées par le néocortex. Le néocortex étant plus perfectionné que le cerveau limbique, c'est lui qui en a le contrôle. Lorsqu'un humain est en colère, son système limbique effectue un putsch physiologique qui déstabilise le néocortex. Rythme cardiaque et pression artérielle augmentent ; la mutinerie peut s'achever en hémorragie.

Remarque 17

Alfred Jarry est mort non pas de la tuberculose, mais d'avoir réclamé un cure-dent.

Remarque 18

Un cerveau limbique est submergé par une décharge d'adrénaline dès qu'il prend le pouvoir sur le néocortex. L'adrénaline est communément reconnue comme étant l'hormone du stress.

Remarque 19

Lorsqu'un sujet est stressé, il n'est plus capable de recevoir correctement des informations, est moins réceptif aux messages qu'il reçoit, y compris quand celui-ci a trait aux chips ou à Nicolas Sarkozy.

Remarque 20

La colère est initialement une réaction de défense face à une agression ou ce qui est vécu comme tel. Un cerveau en colère ne peut être rendu disponible.

Remarque 21

Aristote : « La colère est nécessaire ; on ne triomphe de rien sans elle ; elle doit donc nous servir, non comme un chef, mais comme soldat. »

Remarque 22

Avant d'aller au front il faut choisir son camp et toujours y placer au moins une sentinelle.

Pièce 12/27

Semaine 7 et demie

La colère me préserve. Je répète ça sans cesse formule conjuratoire, j'aiguise mes nerfs jusqu'à la crise, les explosions rageuses éclaboussent le plasma de petits jets de glaire ; il est criblé, l'écran, de hurlements hargneux.

En début de deuxième mois je me suis vue parler à la télévision, oui, lui parler et lui répondre. À la fin de l'intro de chaque documentaire ou programme approchant, je lui demande pourquoi. Elle me répond tout de suite, par le biais de la voix off ou d'un témoin quelconque. Parfois l'animateur sait même anticiper. Je partage désormais le rythme de pensée de la télévision. Agencement et orchestration, j'adhère à sa syntaxe, son flux m'est familier à un point inconnu et toujours pénétrant.

La colère me préserve mais ce n'est pas suffisant. J'ai pensé naïvement que ça pouvait être une piste, prémunir les zones corticales sensibles, agiter le cerveau limbique en guise de bouclier. J'ai tort, je le comprends, j'ai du mal, peut-être même, je dois l'avouer, de la souffrance, à admettre que je n'y arrive pas, que je ne peux pas y arriver. Aucun souffle ne peut soutenir l'haleine chargée de l'Ogre, j'ai péché par orgueil en rusant par le biais d'un autre capital. Ce n'était pas malin, non, pas très fin, je sais. Je suis athée depuis très peu de temps, ça explique certains engouements et cette crétinerie d'optimisme.

La ghreline c'est un drôle de mot que j'ai découvert dans un article de la revue *Cerveau et Psycho*. À peine croisé je m'en suis méfiée, il a quelque chose de chafouin, je pense que c'est à cause du *h* qui le défigure de barbarie. Graphiquement il arbore son vice, une excroissance alien secrète, au tympan il glisse vite comme pour mieux se faufiler dans le conduit auditif et pondre ses saloperies au creux de l'oreille interne. Et puis son féminin, du coup un la devant. *La* Ghreline. La Brinvilliers, la Poison, la Voisin, la Marie Vision. Une pelisse de gremlins, le grelin est un fort cordage, tout ça ne présageait rien de bon.

La faim et la mémoire, ça c'est une bonne question. Pourquoi la messe avant le repas, le dimanche au milieu des chants la vraie prière s'élève ourlée de borborygmes. Combien de pâmoisons liées à l'inanition aux minuits de Noël. Pourquoi le jeûne, n'est-ce pas, là de jolies photos prises en surplomb du Mandarom confirment : c'est inhérent au lavage de cerveau, la faim.

Dans le Connecticut il y a l'Université de New Haven. Dans l'Université de New Haven il y a un laboratoire. Dans le laboratoire il y a des souris à qui on injecte une molécule que l'organisme produit lorsqu'il a faim. Cette molécule a pour nom la ghreline. Il va de soi qu'elle est produite aussi par les humains.

Dans le laboratoire de New Haven, les souris mémorisent mieux la sortie d'un labyrinthe ou la forme des objets qui leur sont présentés après l'injection de ghreline. Dans le laboratoire de New Haven on dit aussi que la ghreline surnommée *molécule de la faim* multiplie le nombre de synapses dans l'hippocampe.

L'hippocampe est une partie du cortex située dans le repli interne du lobe temporal. Le passage de la mémoire à court terme à la mémoire à long terme s'effectue par son biais. L'hippocampe est le centre de tri de la mémoire, installé depuis toujours semble-t-il dans le cerveau humain.

Dans le laboratoire de New Haven, les chercheurs ne sont pas idiots. Ils savent parfaitement qu'une souris en train de crever de faim va faire un maximum d'efforts pour repérer et obtenir de la nourriture.

Ailleurs et même un peu partout, il a été noté que les personnes âgées ne produisent plus autant de ghreline que du temps où Ronsard pouvait les célébrer. Ça expliquerait pourquoi les mémés sont gâteuses et ça contribuerait peut-être même aux troubles d'Alzheimer. Un traitement à base de ghreline permettrait aux neurones de se tenir tranquilles et de faire le boulot au sein de l'hippocampe.

Je ne peux pas lutter contre la voix de l'Ogre, il est le joueur de flûte qui charme les cerveaux pour les noyer au Styx, il sait la moindre pensée magique et aujourd'hui Ulysse pousserait son Caddie® en dépit de la cire, des cordages et du mât.

Traçabilité du souvenir commercial en 10 points :

1. Lorsque je regarde la télévision, mon hippocampe est soumis à une répétition de messages.

2. Je m'efforce d'oublier les messages diffusés par la télévision.

3. Mon hippocampe fait donc son tri, ma mémoire à long terme ne se trouve pas encombrée.

4. Il arrive un moment où la répétition est telle que l'hippocampe range le message dans ma propre mémoire à long terme.

5. J'ai souvent faim en regardant la télévision, à cause de la sollicitation permanente, de la répétition des messages et de mon estomac qui exige d'être rempli deux fois par jour.

6. Deux fois par jour, je regarde la télévision pendant que mon organisme produit de la ghreline.

7. Deux fois par jour, je regarde la télévision pendant que ma capacité de mémorisation est boostée.

8. Ma capacité de mémorisation est boostée à l'heure des écrans publicitaires ciblés sur les produits alimentaires.

9. Que je le veuille ou non, les messages transmis seront au bout de quelque temps intégrés à ma mémoire à long terme.

10. Contrairement à l'adage, *ventre creux n'a que des oreilles*.

Pièce 13/27

« — Qui a dit : *l'amour mène à la violence ou à
la mélancolie* ?

— Je ne sais pas qui a dit ça, mais c'est quelque
chose de très bête.

— C'est con, parce que c'est de vous. »

Interview de Philippe Sollers par Thierry Ardisson,
extrait de *Tout le monde en parle.*

« Le vieillissement est essentiellement une opération de mémoire. Or c'est toute la mémoire qui
fait toute la profondeur de l'homme. »

Charles Péguy, extrait de *Clio.*

Pièce 14/27

Je suis la sentinelle et je suis là pour ça. Tenter de vous mettre en garde, même si j'ignore en quoi peut consister ce vous car rien n'est plus fragile qu'un pronom personnel. Je suis la sentinelle. Je ne suis qu'un petit abcès enorgueilli martyr et lucide fatuité, il faut bien qu'un matin le pus coule quelque part. Alors autant ici, n'est-ce pas. Autant ici.

J'ai perdu la mémoire comme j'ai gagné le reste, sans faire vraiment exprès. J'ai égaré ma foi mais c'est une autre histoire. L'Ogre a quelques aïeux dont le cœur aime encore à battre plus que tambours.

Parmi les disparus on compte beaucoup moins d'hommes que de femmes. En tout cas au début c'était le cas, j'en mettrais mon âme à couper. À vous de vérifier si de vos jours la proportion reste fidèle à sa genèse, c'est plus qu'envisageable au train où ça allait. Oui de vos jours déjà le charnier est ancien, le passage entrouvert et les corps engouffrés multiples des poissons. L'Ogre a faim, toujours faim, et s'il est phallocrate le taux de testostérone contenu dans une proie ne l'a jamais dissuadé d'y enfoncer ses crocs.

Il a fallu deux décennies et une croissance expo-nentielle pour que quelqu'un s'en aperçoive et puis surtout ose en parler. C'était un jeudi sur un blog, c'est resté en ligne vingt-quatre heures, l'auteur s'est fait boucler pour désinformation avec volonté de nuire. Les peines étaient beaucoup moins élevées qu'aujourd'hui, il n'a eu que de la prison ferme. Jusqu'à l'âge de la retraite, je crois. Son pseudonyme était Snoopy, son réseau familial a été interdit de tout emploi dans le service public durant les trente ans à venir, puisque c'était un fonctionnaire.

De la prison ferme, ça vous fait rire. Vous ne connaîtrez pas les Escouades, c'est pour les enfants de vos enfants, ceux nés pendant la guerre civile, les mesures d'Hygiène neuronale. Si mes calculs sont presque exacts, vous êtes à peu d'années de l'Après. Vous connaîtrez la prison ferme et très souvent jusqu'à la retraite, mais pas les programmes spécifiques. Le rire sera devenu impropre, alors profitez-en un peu. D'autant qu'il est probable que certains d'entre vous disparaissent à leur tour, ça s'est vu, vous savez, ça se voit tous les jours.

C'est parce que vous êtes où vous êtes que vous pouvez encore m'entendre. À défaut de vouloir m'écouter. L'affaire des téléspectateurs, de leur appartement intact avec la télé allumée et plus aucune trace de personne, elle a été vite asphyxiée. Essayez d'être plus vigilants que vos oiseaux morts ne le permettent, vous épargnerez je ne sais quoi et ça ne pourra qu'être utile.

Vous ne connaîtrez pas les Escouades, les programmes de réinsertion, les transferts de dossiers interministériels, les remises de peines sous condition spectaculaire, les liens nattés Justice-Divertissement-Budget. Les candidats d'office, l'aménagement de la loi du 9 octobre 1981, l'amendement sur les droits de retransmission de l'euthanasie privée, la suppression du CSA au profit de l'Observatoire, *La longue marche*, les paris, l'Européenne des Jeux, le principe du pack fictionnel, la croissance des ménages si possible de printemps. Ce ne sera pas pour vous. À moins que je ne me trompe. Je ne suis pas certaine du temps qu'il est chez vous, c'est un peu agaçant. Il est possible qu'il soit trop tard. Mais ça ne change pas grand-chose finalement non, vraiment pas grand-chose. À quel point vous êtes menacés frontal, je crois que je m'en fous un peu. L'espèce c'est la même chose. Je crois que le problème ça reste toujours l'Ogre. À défaut de l'occire, il faudrait l'édenter.

Vous appartenez il me semble à la période dite des Trois Singes, cécité surdité, un bâillon dans la bouche. Vous ne pensez plus vraiment, vous n'êtes que des symptômes. Vous redoutez des cieux où seule l'absence résonne en se heurtant baltringue aux trouées de l'ozone. Vous espérez des cieux où votre nonchalance sera récompensée puisqu'à la gauche de Dieu trônera le fils de l'Ogre. Vous vouez un culte sans borne à une pleutre posture que l'on nomme *l'idiotie*. Vous ne méritez rien. Non ce n'est pas pour vous, comprenez-le enfin, que je m'agrippe chaque jour aux remparts crénelés rauques, ratière équilibriste. On ne fait jamais rien *pour*, on ne peut agir que *contre*. Enfin, dans ce jeu-là, celui qui est en cours, c'est comme ça que ça se passe. Que ça se passe dans le réel, oui, celui où je suis. Dans les têtes des œufs de cent ans et déjà plein d'oisillons morts, la putrescence de vos cerveaux ne s'est bien sûr pas faite en deux jours. C'est votre voûte plantaire qui obscurcit la tombe où Abel et Caïn invitent les SMS à les départager. C'est pour ça qu'elle m'importe peu la proximité du trépas, du vôtre, exactement, je m'en fous, je m'en fous comme de tout, excepté de l'an 40.

Ça ne sert à rien de nier, vous n'avez pas compris et vous ne comprenez rien. Laissez-moi pratiquer la première extraction, tout autour du squelette les petits vers s'affairent, opalins faméliques, les plumes frissonnent, s'agitent, ne pas méprendre résurrection et agitation au festin. Ouvrez grand la cervelle que je puisse manœuvrer. Ne bougez plus. J'ai dit : ne bougez plus. Voilà. Faudra vous démerder pour refermer la plaie, je ne sais pas sur quelle chaîne trouver un hôpital et je préfère rester assise.

L'an 40, je disais. Une expression, n'est-ce pas, une banale expression grise en matou nocturne. S'en foutre de l'an 40, parce que c'est tellement loin 40 après J.-C., tellement loin que c'est moins important que le premier Noël de J.-C. qui lui se fête le 25 décembre. L'an 40 faut s'en foutre. C'est même très conseillé. Sinon pourquoi 40 et pas 50 ou même 60. Pour les autres je comprends, parce que *je m'en fous comme de l'an 30* ça ne sonne pas très bien. Mais *comme de l'an 50*, je m'excuse, ça passait parfaitement. Y a les mêmes notes, dedans, des allitérations limitrophes. C'est bien qu'il y a un truc qui cloche, un lièvre camouflé sous le tapis.

Quand un mot n'est plus prononcé, plus articulé par personne, il finit par s'éteindre, faute de souffle et de sang. Il y en a beaucoup, vraiment énormément, qui décèdent tous les ans. C'est de la faute de l'Ogre, ses gencives sont trop mauves, il redoute les chausse-trappes et la moindre écorchure, il lui faut des mots pré-mâchés standard et une syntaxe de chyme tiède, il faut que la langue fonde mais ne soit pas trop cuite, ce ragoût compte bien sûr parmi ses favoris. C'est de la faute de l'Ogre, mais la légende exige que la télévision soit l'unique arme du crime. Que la télévision incarne le revolver braqué sur le mot culture et que le Verbe criblé soit le premier à tomber. Je ne sais pas si c'est vrai. Je ne sais pas non plus si à force de mépris les dates meurent pour de bon. Et ce qu'elles sont avec. Mais je sais que ça pourrait être plus efficace que n'importe quelle solution.

Avant d'emménager dans la télévision j'ai su des choses. Des choses qui m'ont mise sur la piste. Des choses comme les origines de l'expression *s'en foutre comme de l'an 40*. Ou *se moquer de comme*. L'an 40 c'est dit-on celui du calendrier républicain, les royalistes n'avaient pas foi en l'avenir de la République qui ne pouvait que s'avorter dans le courant de cet an 40. *S'en moquer comme de l'an 40*, ça s'est propagé drôlement vite dans les bouches et dans les soupirs. C'était familier à l'oreille, enfin à l'oreille bien française. Les croisés du glorieux jadis s'en étaient revenus les bras chargés d'or et de tripes mais aussi d'un nouveau lexique à la fragrance piquante, mutine, un parfum d'Occident aux embruns aguerris. Un chevalier agacé ne répondait plus : Yseult, comprends que je m'en moque comme de ma première chainse ; mais : Yseult, comprends que je m'en moque comme d'Alcoran. Comme du Coran. Puis comme de l'an 40. Comme de quelque chose d'importun qui fait une bosse sous la carpette. Quelque chose contre quoi on risque de buter, quelque chose de si loin trop proche, quelque chose que l'on nie en poussière de Panurge.

Je vous dis que tout ça n'est pas si innocent, tout est toujours prévu, oui, je vous le promets, tout est toujours prévu dans l'endroit où j'habite et où vous habiterez, car déjà les parpaings surgissent de vos jachères et partout l'œil de l'Ogre vous traque en salivant. Tout est toujours prévu puisque là où je suis tout ne peut qu'être prévisible.

Le Verbe est le pouvoir. Ne l'oubliez jamais. Le Verbe est le pouvoir, peut-être même l'ultime, c'est bien pour ça que l'Ogre a tué le dictionnaire.

Je disais : *comme de l'an 40.* Et que dès sa naissance cette foutue expression n'était qu'escamotage et vil ressentiment, c'était un revers d'effacement au service des meurtres épongés, avantage si la mémoire flanche. Il y a du sang sur l'an 40. Beaucoup de sang, et quel qu'il soit, oui, quel qu'il soit cet an 40, il y a beaucoup de sang sur lui. Un sang qui s'encre en sympathique à mesure que l'hippocampe s'épuise de ne pouvoir se cabrer. Rien ne sert de garder en stock les données sur cet an 40 puisqu'il est convenu de s'en foutre. L'an 40 se voit refuser l'accès de la mémoire à long terme. Je vous prie de lui laisser une chance, c'est d'ailleurs l'une de vos dernières alors. Français encore un effort si vous voulez rester humains. Une date jamais mémorisée, c'est comme si elle n'existait pas, je lui demande, à l'hippocampe, mais il ne m'a jamais répondu. Aux autres questions non plus, remarquez. Pourtant.

L'an 40 c'est les mois qui virent Caligula devenir ce qu'il fut. L'an 40 c'est le jour où fut pendu sur ordre de Rome, à Lyon, le dernier roi indigène de Maurétanie. L'an 40 c'est l'été où la douce Drusilla inventa des tortures basées sur le concept d'interaction. L'an 40 c'est la nuit où l'empereur déclara *Oderint, dum metuant*, un vers d'Accius signifiant *qu'ils me haïssent, pourvu qu'ils me craignent*. L'an 40 c'est un cirque où s'ouvrent les premiers jeux, avec en ouverture un char qui effectue au pas son tour de piste, alourdit d'un portrait immense représentant Caligula. L'an 40 c'est un cirque dont les jeux se déroulent du matin jusqu'au soir, du lever au coucher, avec pour point d'orgue une brochette d'exécutions publiques, des votes et des paris, des pulsions des cris des rires des applaudissements. Le refoulé se change en lipides, les lèvres sangsues aux pis, on sait l'hémoglobine lait du divertissement.

L'an 40 c'est tout ça. Au commencement était le Verbe, puis vient Caligula ; c'est ainsi que naquit le Téléréalisme. L'an 40 c'est tout ça et ça peut être aussi. J'en appelle, j'en appelle ici à ce qu'on doit nommer la mémoire collective. En 40, le 27 mars Himmler décide la construction d'Auschwitz. Je m'en fous comme de l'an 40 : *SNCF donner au train des idées d'avance*. En 40 oui, le 22 juin la signature de l'armistice, le 30 octobre Pétain, l'annonce de la Collaboration. Je m'en fous comme de l'an 40 : *M6 vous invite, avec humour et sensibilité, au cœur de la vie de famille*. En 40 Hemingway publie *Pour qui sonne le glas*, André Breton *Anthologie de l'humour noir* ; Coca-Cola a pour slogan *The Package that gets a welcome at home*, sa firme allemande Coca-Cola GmbH prend le contrôle des activités de la marque en France, en Italie, au Benelux. En 40 ça repart. Tout du moins il paraît. Le 27 février Martin Kamen découvre le carbone 14, le 1er mars Mme Mougeotte accouche d'Étienne, j'affirme : repousser le game over n'est pas à ma portée. Piller les règles a ses limites, jusqu'à ma voix je suis brisée, hachée menue, de l'Osiris aux vocalises, de la terrine de larynx, voilà ce que je suis.

L'Ogre a mangé le dictionnaire.
Je me refuse à pardonner.

Pièce 15/27

Mardi

Première pause depuis le début de l'expérience.
Deux jours à l'extérieur et assez loin de la maison.
Cela fait presque trois mois que la télévision habite
dans mon salon. Pleinement, volume variable. Les
moments où je fais corps avec elle se font de plus
en plus fréquents. Au début c'était une lucarne hys-
térique, vitraux maniaco-dépressifs et mosaïques
d'un carnaval foulant le temple en saccadés. À présent je ne sais plus très bien, c'est peut-être lié au
silence, à l'angoisse du silence qui m'égorge dans
cette chambre. En ce moment. Je crois bien qu'elle
me manque, je me sens mal à l'aise, j'ai un poste
dans le studio, les chaînes sont étrangères, je n'ai
ni montre ni portable, je n'arrive pas à me repérer.
Et dans le temps collectif et sur mon propre cadran
interne. J'admets : sans la télévision je ne perçois
plus les pulsations du temps social. C'est à son diapason que depuis trois mois je fonctionne, je suis
désorientée et sans initiative, saisie de léthargie,
pétrifiée d'esseulement. Je pleure d'un dépit
mitigé, mais l'absence fissure mes vertèbres, ce
serait malhonnête de le nier.

Je voudrais être certaine que c'est ça, ça qui fait
que ça ne va pas bien, que sous la mansarde boisée

tout semble si revêche et tranchant, les objets secs, hostiles, les couleurs violentes et factices. J'ai développé plusieurs rituels autour de l'espace-temps devenu commun, la télévision guide le déroulé d'actions rythmant mon quotidien. Je l'entends sans même l'écouter, je sais déjà tout ce qu'elle me dit et tout ce qu'elle voudra me dire, ce n'est pas du tout en son discours qu'elle me structure, c'est dans ses fondus enchaînés.

Elle escamote la terreur de l'après, la télévision, elle dit fin d'un programme pour en servir un autre, elle est le rêve familier du capitalisme, elle est le recyclage infini, le cauchemar de Darwin et le fantasme d'une île qui ne serait qu'aux fleurs d'un cimetière congédié.

Elle ment plus qu'elle respire, mais elle est émouvante. C'est un mot écœurant, il lui convenait pas mal mais je crois qu'attachante serait plus adapté. Parce que c'est vraiment ça. Je me suis attachée à la télévision. C'est sûrement comme ça que ça marche. Sur les hommes je constatais, leur œil disait : maman, autant que : sale putain, mais j'ignorais les liens qu'elle me réserverait, à moi, la télévision, leur nature et leurs nœuds, le diamètre de la ficelle, la faille du masochiste. Quelle foutue michetonneuse. Je n'ai pas le mal du pays, non, ça n'est pas mon genre, j'ai le mal de la maison, j'ai toujours eu le mal de la maison, ce n'est pas la même chose. Mais là non plus ce soir, ce n'est pas la même chose. Je sais que j'irais mieux, beaucoup mieux et tout de suite, si je passais ne serait-ce qu'une demi-heure avec elle.

Je perçois de grandes similitudes entre le petit poste noir et blanc qui diffuse la Rai Uno et ma télévision française. Je ne comprends pas l'italien mais trop l'espéranto paillettes, petite sous l'arbre de Noël je ne jouais pas avec les cartons, je suis frustrée et en colère. C'est l'absence de télévision qui provoque la suractivité de mon cerveau limbique, ce soir.

Je me sens vraiment mal, mais je suis perturbée. Ne pas énoncer effet découlant du sevrage avant de vérifier un peu. Depuis bientôt trois mois la télévision est intégrée à mon biotope, Igor me manque aussi, les chats et mon appartement. Ce n'est pas du même ordre. Mais je suis une plante grasse qui s'est très affaiblie à force d'être rempotée. J'ai besoin de lumière, de calme et de mon bac Riviera. Alors.

C'est peut-être à cause du matin, au fait que j'ai dû voir aujourd'hui le matin. Je n'aime pas le matin, je n'en vois pas l'intérêt. Ce qui est frais m'épuise, la viande on sait qu'elle va tourner, cette application à la préservation de l'étal, les rituels de la trotte et la levée de rideaux, ça tient d'une indécence un petit peu trop cruelle.

Je ne peux pas être une fille des années quatre-vingt, je manque atrocement de cynisme et je suis pour les attentats. Le fiel n'a pas le temps de se sécréter, je n'ai aucune emprise sur mon système limbique, je crachote toute la journée, je pleurniche et je grommelle. Je suis un ciel breton jusqu'à 17 h 30. Je n'aime pas énormément non plus le concept d'après-midi, c'est doucereux, ça s'étire, c'est à l'image des téléfilms qui m'accompagnent durant ces heures.

Ça peut-être à cause du matin, alors. Et puis de cette journée elle-même, en son entier. Parfaitement exécrable, la journée. Ou plus précisément : exécrable à la perfection. C'est pour ça que mon premier réflexe a été de me dire qu'il devait y avoir quelque chose de démoniaque là-dessous. Souvent, en fin de journée, les emmerdements s'avèrent être d'origine démoniaque dans la télévision.

Arrêter de croire au surnaturel, c'est incroyablement plus violent et ardu que de se désenvoûter des benzodiazépines. Le cortex doit être inflexible, il faut une volonté d'acier pour ne pas succomber aux perches et aux paniers du Nil, je renonce à Dieu à Satan et à leurs psychopompes mais quand même aujourd'hui il y avait de quoi douter.

Le train raté à cause de la vieille sur l'Escalator, la congélation de mon appareil respiratoire durant l'heure d'attente employée à l'ingurgitation de produits secrètement avariés dans le café du quai, la rébellion de mes entrailles durant tout le trajet, le coup de frein, le robinet dans la gueule, le bleu la poudre le blush la poudre et soudain dans le miroir surgit le songe d'Athalie. L'arrivée sous la neige, ce besoin irrépressible qu'ont subitement les gens de me toucher le bras ou l'épaule quand ils me parlent, pas de tabac pas de Lucky plus que des Marlboro, le froid l'odeur de bière et puis l'Énorme Connard dont je dois retenir le nom. L'écran sonore liquoreux et indéchiffrable. L'italien que je ne comprends pas, les pics sismiques des voix femelles qui déchirent spasmodiques le velours adipeux des choristes bien mis. La migraine pointilleuse, derrière l'œil gauche les coups ou plutôt la torsion, brève, aiguë, sournoise et assurée. Totalement permanente.

L'index qui frotte à l'angle, un petit gonflement juste au-dessus du canal lacrymal, j'ai comme une rougeur, ça me gratte, j'ai vu ça dans le miroir avant de partir ce matin. La salle de conférences glacée, le traducteur coincé, les routes impraticables, les moulures au plafond, la profonde pitié du public. Laver, purifier l'épiderme de toutes ces déjections ne pas y penser, impossible. Enchaînements en cuts secs, harassants plans-séquences. La soirée tout entière en présence et en face de l'Énorme Connard. Tout entière. Maudite je suis maudite, oui, je ne vois que ça.

Je veux n'être que laïque, je renonce aux grands livres des fictions collectives, je refuse d'être écrite je ne crois pas aux fantômes ni aux buissons ardents ni aux chevaux qui volent.

Depuis quelques instants je distingue une lézarde à l'angle du plafond. Je sais que c'est sûrement l'éclairage. Mais je jurerais qu'elle n'y était pas il y a cinq minutes.

Mercredi
L'Énorme Connard dont je ne retiens décidément pas le nom a participé à un débat. À la question vous sentez-vous citoyen du monde, l'Énorme Connard a répondu : *je suis un citoyen de l'Occident*. Je les ai vus en rang d'oignons. En rang d'oignons, je souligne : ça veut dire des choses. Pas

seulement qu'ils étaient six derrière la table face public liliacées alignés potager.

Au XVIe siècle les rois de France Henri II, François II, Charles IX et Henri III avaient pour Maître du Protocole un noble dénommé Artus de la Fontaine-Solaro. C'est à lui qu'incombait l'organisation des fêtes et des cérémonies officielles ; c'est lui qui attribuait aux invités leur place autour de la table, de la nef ou du trône. Grand garant des usages, Artus était célèbre pour sa rigidité. Au pedigree de l'hôte, il ajoutait trois autres critères pour effectuer ses plans qui n'arrangeaient personne. Ancienneté de la lignée ; illustration, soit distinction par des faits d'armes ou autres susceptibles de convenir ; alliances au sens strictement familial. Un valeureux chevalier pouvait au mieux lorgner sur un coin plein de vicomtes, un vicomte bien marié aux aïeux sans banqueroute effleurer la menotte d'une marquise faite voisine.

Cela indisposait et les pas si bien nés, et les petites fortunes, et tous les arrivistes. Qu'importaient les intrigues ferrées au quotidien : quand venait l'heure du spectacle, de la messe, du dîner, la cour était plus nue que ne le fut le roi du conte. Toute la noblesse dotée d'une solide dentition se plaignait d'alcôves en châteaux de ce putain de baron qui bloquait l'ascenseur social à renfort de glu bienséante. Car seigneur de Vaumoise, Artus était aussi par titre baron d'Oignon. Quiconque relatait l'enterrement royal de la veille ou le couronnement de la semaine passée ironisait avoir été *placé en rang d'Oignon*.

Je crois bien que tout le monde s'en fout de cette histoire. De la connotation et des analogies que charriait l'expression du temps de son singulier et de sa majuscule. Peut-être qu'elle est tombée à la Révolution, d'ailleurs. C'est une explication possible. Mais c'est quand même dommage, le *o* décapité. Si elle était encore là, la majuscule, *je les ai vus en rang d'Oignon* ça poserait la Stimmung en moins de deux, qu'on n'aille pas me soutenir le contraire.

Le 3 mai 1990 l'Académie française a approuvé à l'unanimité la réforme d'une liste de 1 300 mots proposée par le Conseil supérieur de la langue française. Le *Journal officiel* daté du 6 décembre stipule que désormais on place *en rang d'ognon*.

Pour la Révolution, les barons à renier et l'épuration politique qui se niche jusque dans la langue, je peux comprendre. Mais pour le *i* qui se fait la malle en 1990 faut avouer que c'est nettement moins clair.

En 1990 l'OMS supprime l'homosexualité de la liste des maladies mentales. En 1990 l'abrogation de l'Apartheid est officielle, Afrique du Sud. En 1990 Ford rachète Jaguar, Mikhaïl Gorbatchev reçoit le prix Nobel de la paix, la dernière mine de charbon ferme dans le Nord-Pas-de-Calais, le premier Mc Donald's ouvre ses portes à Moscou. Althusser se suicide, le groupe Bernard Tapie prend le contrôle d'Adidas, octobre y a des émeutes à Vaux-en-Velin, décembre la réunification de Beyrouth et le plasticage du *i* d'*oignon*. Chez Rimbaud le *i* se veut rouge alors je me demande si le mot a saigné pendant l'amputation.

Je sais que les Grands Garants de la langue se doivent de parer au plus pressé, mais pourquoi s'en prendre à la pulpe, c'est un truc à élucider. Parce que tout le monde oublie le *i*, le *i* ne doit donc plus exister. L'évolution oui oui, le matériau vivant tout ça je suis au courant, ça n'est pas là le problème. Le problème c'est qu'on a déjà perdu une couche du mot oignon avec l'éplucheur de majuscules. Une pelure épiçant de *puanteurs cruelles* une expression devenue depuis fort insipide. Alors moi, je m'excuse, mais lui extraire son *i* ça a des conséquences, et faudrait arrêter de réduire le mot oignon à un simple légume ou une exostose au peton.

Voyelles ; *A noir, E blanc, I rouge, U vert, O bleu*. Le *i* en s'effaçant fait disparaître l'effet de couches, de strates, il n'y a plus que du bleu c'est une couleur du temps qui permet aux petits ponts de feindre des mirages. Peler l'oignon, jeter son *i*, et dans la rue poussent des échelles. *Je dirai quelque jour vos* carences *latentes* : Arthur Rimbaud disait *I pourpres, sang craché, rire des lèvres belles*. J'insiste sur le carmin qui perle aux commissures d'un verbe tranché scalpel démagogique sourire de l'ange. J'insiste sur *la colère ou les ivresses pénitentes*, sur les *golfes d'ombre* qui grignotent le territoire du Petit Robert et sur le *O, suprême Clairon plein des strideurs étranges*. J'insiste sur le fait que les *grands fronts studieux* ignorent ce qu'est l'alchimie pour cause de Javel en sous-sol. J'insiste sur le délavage, *oignon* ne sera plus violet mais d'un bleu roi courtois qui ne pique pas les yeux. Et je commence aussi à être fatiguée.

Jeudi

Dans le train je ne demandais rien, mais l'Énorme Connard dont je ne retiendrai presque hélas jamais le nom m'a questionnée sur mon travail. J'ai répondu très brièvement. Il a dit : ce projet n'a aucun intérêt. Il a ajouté : il n'y a rien à dire sur la télévision. Il a argumenté : tout ce qu'il y a à dire sur la télévision a déjà été dit. Il a achevé : et la téléréalité, je m'en fous comme de l'an 40.

Vendredi

J'ai rêvé d'acide, d'œufs mollets, et d'un chœur empêtré dans son cholestérol. Une nef suintante de saindoux sombre, des petits chanteurs croix de bois croix de fer, une tension maxillaire et l'amour de Marie. Leur litanie qui s'évapore en triples croches spongieuses, l'air est bien plus doux sous la faux. La pétrification et la chemisette brune qui se lacère côté doublure, les patounettes griffues de l'alien qui transpercent la cage au mépris du plexus solaire, le thorax perforé et enfin le coton, les fibres. La pellicule épaisse de l'amidon a fait un drôle de bruit en craquelant. Un bruit discret de vernis moral un peu outré qu'après tant de couches appliquées, l'ennemi se permette de venir de l'intérieur.

Samedi

Je regrette la restriction, les moyens limités de mon budget, le minimalisme technologique. Pour l'immersion, ce qu'il fallait, c'était un cube quatre murs écrans un cinquième plafonnier. J'ai modifié le dispositif. L'ordinateur étant portable, je travaille sur la table basse, le canapé fait dossier, je m'encastre à moins d'un mètre du poste, inclinaison léger lever de menton, quand la télévision s'adresse vraiment à moi je peux la regarder dans les yeux.

Je sais qu'elle me fait mal, que c'est trop près et trop tout le temps. Je ne quitte plus mes lunettes. Déjà j'ai la migraine, et puis comme ça j'arrête de me frotter l'angle de la paupière. À gauche la petite boule est rose. Très rapide la prise, la croissance. L'ophtalmo il a dit que ce n'était rien du tout, j'ai de la pommade qui doit guérir puisqu'elle est classifiée bande rouge, je ne dois pas toucher mais en ce moment ça me démange sous l'œil, j'ai vraiment du mal à lutter.

Dimanche

Il se passe toujours quelque chose dans la télévision et ce qui est formidable, c'est que je participe. Je ne sais pas à quel point c'est vrai, mais c'est ce qu'il m'est dit et ce que je ressens et donc ce que je crois. Cela me suffit, me contente. En tout cas c'est ce que je me dis avant d'aller me coucher. Je transmets à Igor beaucoup d'informations glanées en une journée dans la télévision. Et tout l'après-midi je vis une expérience qu'il ne saisirait pas et que je garde secrète.

Je communique énormément avec la télévision, en fait on est un peu amies. C'est comme si l'écran n'était pas, qu'il n'avait même jamais été, qu'il avait fondu pour de bon. Quand on la connaît bien, elle n'est pas celle qu'on croit, la télévision. Elle a bon fond, et puis je ne sais pas trop, j'ai une sensation de connivence en ce moment, je n'arrive pas à la décrire, mais. Connivence, ça vient de *connivere*, en latin ça veut dire *cligner les yeux*. Connivence ça veut dire 1. Complicité qui consiste à cacher la faute de quelqu'un. 2. Accord tacite ; voire entente, intelligence. C'est exactement ça.

Ma vie n'est plus que rendez-vous, beaucoup de gens s'adressent à moi, ils ne prononcent jamais mon nom mais je suis le témoin et la partie prenante. Des liens se créent, se tissent et se resserrent. Je comprends l'attachement et la nature des nœuds, la corde sensible c'est rien que du fil blanc, des points de croix dans le sens des nerfs, les figurines me brodent des canevas d'impostures ; je félicite, j'exhorte, je menace, je soutiens.

Je reconnais les archétypes et les profils des figurines qui me donnent rendez-vous dans la télévision. Je préfère parfois leur présence à celles qui me sont imposées dehors, en dehors du salon et donc parfois très loin de la télévision. Et de ce qu'il y a dedans, dans la télévision, aussi. Les figurines sont de plusieurs sortes, avec des demi-corps, parfois des corps complets, mais c'est un peu plus rare. Les figurines animent, présentent, elles sont plutôt bavardes et manœuvrent aux néons sur tous les petits ponts de la télévision. Pour que le soleil brille il faut des soldats de plomb. Les figurines avancent et de case en case l'Ogre entame le chant de l'échiquier taxidermiste, j'entends la soufflerie, la clameur de l'acier, les ricochets cyanose aux flaques de limaille chaude, je sens les battements du hachoir frôler ma tempe gauche minuterie. On raconte que trop las de toujours faire la guerre, le Français inconnu sourit au Maréchal. On ne racontera plus. Ils réécrivent déjà. Je ne sais plus quoi faire. Trop las de ne pouvoir la faire taire, le sujet s'y vautra, dans le discours trinité de la télévision. Ça va ressembler à ça, à quelque chose comme ça.

J'éprouve des sentiments envers les figurines de la télévision. Je fais fi des autres repères, j'accorde pour une certaine durée du temps de cerveau, pour elles je me fais disponible, c'est un contrat tacite, la figurine et moi, la grande communauté des téléspectateurs : connivence. Vendre son temps de cerveau disponible est une faute, une faute à cacher à quelqu'un. À commencer par un soi-même pas très commode sur la question.

J'accumule jour et nuit mille et une œillades frê-les ankylosées glucose. Je me rapproche, si près je suis parfois si près, je partage. Je dois être à la phase de fusion, au moment où la boîte crânienne passe un coup de fil à Emmaüs avant de négocier les locaux. Je me suis toujours fait avoir par les agents immobiliers, je ne comprends rien à la paperasse alors je préfère leur faire confiance, pour ça je suis obligée de les trouver sympathi-ques, sinon c'est impossible de signer impossible, farfouiller dans chaque phrase dénicher les affini-tés, les positionnements compatibles, et s'il n'y a vraiment rien il reste toujours l'humour.

Igor dit que je m'esclaffe, il a usé du mot avec une petite ironie tendre, un brin inquiète. Je ne m'esclaffe jamais c'est bestial et vulgaire. Et pour-tant c'est bien ça qu'il se passe. Stimuli plaisanterie hadale et une bonne esclaffade en guise de réac-tion. C'est vrai que c'est étrange. Il doit avoir rai-son. Un dérèglement est notable. Je n'ai plus exactement les mêmes réflexes, mes envies et mes craintes, même certaines répulsions ont été modi-fiées, mais juste sur le court terme. Tout du moins je l'espère.

Pièce 16/27

Bilan du premier trimestre

Objectif : immersion globale.

Temps d'exposition : 1 451 heures.

Modifications corporelles :
1. Prise de poids conséquente (6,8 kg).
2. Déséquilibre de la couche supérieure de l'épiderme (dilatation des pores, présence soutenue de comédons, déshydratation hors zone T).
3. Papillome au niveau du canthus interne gauche (intervention chirurgicale prévue sous un mois).

Modifications comportementales :
1. Pulsions consommatrices inédites.
2. Actes d'achat conformes aux messages diffusés.
3. Augmentation, diversification et redéfinition des besoins.
4. Application de certains préceptes en matière d'hygiène et de sécurité relevant du TOC bénin et du droitisme aigu.

Modifications plus graves :
1. Le sujet est atteint de confusion. Il ne se contente plus de réutiliser inconsciemment les mots

et la syntaxe de la télévision lorsqu'il en rapporte le discours. Désormais il semble *oublier* la source du message qu'il transmet à son tour. Non seulement le message est intégré et il se propage, soit par une mise en actes soit par une adhésion mentale ; mais de plus il s'impose comme un savoir personnel, acquis depuis toujours à croire qu'il est inné.

2. Le sujet ne produit plus de pensée. Il reçoit et relaie des *opinions*. Lorsqu'il rapporte à Igor le discours de la télévision, le sujet ne prend plus les précautions d'usage et évacue le protocole de décontamination.

Jusqu'à la onzième semaine, le sujet précisait ses sources, et comparait le traitement donné à une information similaire sur plusieurs chaînes. Les JT, par exemple, étaient quotidiennement confrontés, de façon à constater que des milliers de personnes, quelle que soit la nature du chiffre dans lequel elles se rangeaient, pouvaient se soustraire ou s'ajouter à loisir, selon la règle privé/public dite aussi *Loi de Garcimore*.

Le quota de propagande et le temps de parole accordé aux angines collectives et aux filets de divas chauvines, l'application si quotidienne dans les journaux des divisions, les calculs vérifiés et les zéros fantômes : autant de paramètres scotomisés.

Le sujet ne dit plus : sur France 2 ils ont dit alors que sur TF1 suivi d'un développement. Le sujet ne dit plus : ils. Le sujet ne dit même plus : à la télévision. Le sujet ne dit plus. Il répète. Et il fait sienne la voix de la télévision. Le sujet ne pense plus : il sécrète. Une substance décapante qui attendrit sa chair et confit son cerveau. Désormais : *il paraît*.

Pièce 17/27

Ce qu'il se passe dans mon cerveau ça fait je pense de la musique. J'entends distinctement ce qui se joue dedans ce qui s'y joue, aussi. Des lynchages et des loups, parcelles testamentaires qui s'engrossent d'éboulis aux ruées de l'hippocampe. Ce qu'il se passe dans mon cerveau c'est le sacre d'un printemps à jamais ménager, et puis bien sûr la mort du signe, un chaos très organisé.

Dehors il y a la voix de l'Ogre despotique, il y a toujours eu la voix de l'Ogre despotique. Je suis née, la marmite des cuivres, le capitalisme triomphant, la buée des sueurs, les confitures. Mais dedans je savais préserver ma chanson. À voix interne et basse, la ligne suivre la ligne. Je n'égarais pas une note en dépit des échos, des glaires, des parasites.

Il a beaucoup changé, l'air de l'endophasie, il ne fait plus lalala avec autant de grâce il se cogne trop aux murs, il ne tient plus debout. C'est à cause du cholestérol et puis de l'équilibre mental qui se fendille aux objets trouvés. Elle ne s'est même pas noyée au ruisseau des univers propres qui clapotinent dans l'aquarium hertzien, ma chanson. Elle s'est éparpillée sous la pression de l'équarrissage, des petits bouts tièdes en confettis sur les murs d'un spongieux partout. Je ne voulais pas que la fête commence.

J'ai écouté le chant de la télévision. Deux mois par chaîne, l'après-midi et puis l'ensuite. Leur débit, leur rythmique interne, leurs inflexions et leurs aubades, leurs chœurs et leurs solistes, et puis de la propagande de l'Ogre les lauriers d'interprétation.

Il y a les cavalcades, les foulures déambulations, les heurts coudées de foule, les branchages crépis aux marées. Les impavides roulis, des vaguelettes en saccades ruissellements acoustiques, l'orgue et la barbarie. Les partitions sont fixes, les rouleaux ajourés, la peur sucrée, soluble. Ce qu'il se passe dans mon cerveau, c'est l'effet du sirop d'oreille. De chaîne en chaîne pleines cuillerées. Entendre c'est avaler, l'indigestion c'est croire. Je suis un pavillon qui implore un asile en terre de surdité.

Je connais les couplets de la télévision. J'ai une télécommande, fauteuil orchestre, bonde lavabo. Je m'emplis case à case cloche-pouce tympans tendus. Marelle. À trois vent dans les saules à cinq s'emporte le torrent. Il y a le bruit de l'eau, quelque part c'est bien ça, souvent le bruit de l'eau sur le Service public. Qui se trouble à sa source, qui charrie *les sapins* et *les frères abattus*. *Les sapins* oui c'est ça, c'est bien ça, *les sapins*.

Les corps *endoctrinés* à jamais *ensongés aux longues branches langoureuses*, les corps dont on fait feu, langue de bois et quatre planches, les corps *prédestinés à briller plus que des planètes*. L'Ogre est un magicien, les corps qui s'introduisent dans la boîte de Pandore dans la boîte bientôt plate, dans tous les foyers plate, ils se mettent *à briller* tout *doucement changés* en *médecins divagants*. Il ne peut y avoir que *des Noëls anciens* à la télévision. Je pense, à cause des figurines.

Est-ce qu'Apollinaire pouvait prophétiser *rangées de blancs chérubins* est-ce qu'Apollinaire pouvait des figurines *remplacent* dessiner les contours est-ce qu'Apollinaire *et balancent* savait déjà au fond pour la télévision. Les corps ensapinnés, *ils vont offrant leurs bons onguents quand la montagne accouche*. J'ai un rongeur au fond du crâne et des limbes frétille l'ombilic.

Je ne crois plus aux vertus de l'auto-combustion. Refrain d'un single téléréaliste : *donne à la vie le sens que tu lui donnes*. Des noyés plein l'ici, le brasero ne peut prendre, la poudre est d'escampette : mot feu, genre masculin et pourtant on dit *la* lâcheté. Je suis soumise en creux de tête à un trop généralisé. Il y a le bruit de l'eau dans la télévision, en général, oui, j'en suis sûre. Je suis obligée de vérifier.

J'appuie sur 1, main au panier une bousculade place du marché. J'appuie sur 2, haras manège, califourchon en âne bâté je trotte royaume présidentiel. J'exige via 3 la brise des plaines, la rengaine des forêts et les échos domptés au velours négocié d'une centralisation passée maître en flûte traversière. Je ne reste qu'au bord du canal, je ne suis pas non plus suicidaire. Je passe en 5, y battent encore des pouls qui du cyanure sont mithridatisés. L'eau n'a pas de mémoire, mais l'homéopathie est fille de don Quichotte face aux moulins brassés à l'ère des figurines. J'exile en 6 où deux trinités valent mieux qu'une. Je sais le R'n'B français infiniment plus proche de la marche militaire que d'une oasis plastiquée. J'entends le bruit de la mer mais à la pêche aux moules je ne veux plus y aller maman ou pute stérile je ne traverse pas la berge. Ça, c'est hors de question.

Le 10 octobre 2004 l'émission *Arrêt sur images* avait pour titre *Préparation des cerveaux : comment ça marche ?* Le 10 octobre 2004, geyser limpide en 5 on nous aura prévenus. Mais nous n'écoutons rien, non, rien qui fasse barrage aux cadavres des sirènes. À présent que mon je est en un nouveau nous, je dois aller plus loin, au-delà du canapé, au fond de l'aquarium, dernière brasse papillon, un miroir de fleurs bleues.

Ce qu'il se passe dans mon cerveau ça fait je pense de la musique. Une musique pas très agréable, des chuintements et des brosses d'acier, les lavements vifs, les injections, des travaux et des tours d'écrou. Un tas de bruits cadenas rances, hérissements borborygmes, hémisphères déchiquetés rugissement du burin. Ce qu'il se passe dans mon cerveau pendant qu'on le rend disponible je ne peux pas avec des mots réussir à le raconter. L'implacable des mouvements, les intestins bouclés de l'Ogre, les fréquences qui se mêlent, s'impriment, effacent. Ce qui se passe dans mon cerveau pendant qu'on le prépare entre deux messages, je ne peux pas avec des mots très fidèlement le restituer. Je crois vraiment que c'est impossible. J'ai préféré l'enregistrer.

[Bande-son référencée 06176NSDA/
Pièce 17 *bis* annexée]

Pièce 18/27

Cher Monsieur,

Je me doute que c'est cavalier, vous avez sûrement mieux à faire que d'écouter une pauvre fille. Je ne suis même pas sûre que ça marche, en plus.

J'ai dépensé la somme de deux cent soixante-quinze euros pour effectuer ce rituel sous assistance, je doute que mon éditeur me rembourse sous couvert de frais d'enquête la prestation du docteur M'Batah. Alors soyez gentil, s'il vous plaît, de faire un effort.

J'ai beaucoup réfléchi avant de m'en remettre à vous, j'aurais préféré quelqu'un d'autre, quelqu'un de plus simple à contacter, par mail ou bien par téléphone, voire dans un café parisien. Mais je n'ai pas tellement le choix. Au final, non, pas le choix du tout.

Je fais donc appel à vous parce que j'ai un sérieux problème. Je ne peux pas le quantifier mais il est tellement dense que je frôle l'implosion. Il me transperce l'espoir, j'ai l'âme toute poinçonnée et des souillures lilas au coin de mon œil gauche. Ce n'est pas qu'une image, c'est bien ça qui m'inquiète.

Alors voilà. J'ai entendu le chant de la télévision. C'est comme ça et je m'en serais passée, mais c'est arrivé, que vous dire. J'étais si seule en terres hostiles, j'étais poreuse au commencement, je me tassais du plat des paumes pour être certaine de rester debout. Soyez patient puisque j'y viens.

Je suis l'enfant qui dans le noir apeuré psalmodie son éclat ritournelle. Je suis *l'enfant* que vous disiez. Je suis *pulsion puissance vitale* et je m'impose face *aux ténèbres*. Vous comprenez mieux à présent.

Ça a marché un temps. J'ai peur qu'il l'ait mangé. Mangé ce temps, oui, l'Ogre. Je vous assure que ça a changé, tout a changé, absolument, je ne dramatise en rien, je vous supplie de me croire. Ça ne peut plus marcher, vos cours d'autodéfense, si on prend mon exemple ça ne peut plus marcher, non ça ne marche plus. Mais enfin parce que. Il est entré en moi, le chant de la télévision.

Je m'excuse, mais bien sûr que non. Vous ce n'était pas pareil, vous êtes mort en 95 il pouvait faire jour quelque part, à présent ici c'est la nuit, la nuit de l'Ogre, ses préhenseurs de longs couteaux et les sources se font cristallines. *Une carte n'est pas le territoire* mais ma chanson leur a pas plu, j'ai le bec broyé, je saigne noir, je m'obstine vous en conviendrez mais je vous jure que c'est un problème, un problème très sérieux mais dont tout le monde se branle. Bien sûr que si, tout le monde s'en branle, absolument tout le monde, à part des déjà vieux et des trop avortés, j'exige une solution, putain une solution.

Ce n'est pas parce que vous êtes mort que vous avez le droit de ne plus avoir d'avis. C'est très très grave, écoutez-moi. La préparation du temps de cerveau humain disponible étrangle les ritournelles, Monsieur Deleuze, vous m'entendez, l'Ogre joue des cartes reines et l'hippocampe s'agenouille. Quant au néocortex, lui il s'oublie au reptilien. Je dis : la perte du territoire. Et puis je ne crie pas, j'explique.

Une solution, oui, parfaitement. Mais parce que vous connaissez des plateaux toutes les langues et les abécédaires, bordel de merde, Monsieur Deleuze, vous allez m'aider oui ou non. Évidemment que je panique. Sinon je ne serais pas là, agenouillée en plein courant d'air, toute barbouillée d'H5N1. Vous pensez peut-être que ça m'amuse les têtes de poulets en collier, vous croyez que je trouve ça seyant d'avoir des plumes dans les naseaux et des bouts d'abats sous les ongles, en fait vous n'êtes pas si malin. Ne boudez pas, c'est pas le moment.

Je suis nerveuse, désorientée. Je ne me tourne pas, je toupine. Je suis athée depuis peu de temps, dérive psychose géographique, j'ai planté le vieux trio sur un mont d'oliviers où rôdait sainte Geneviève, je suis plutôt très seule et je ne sais plus tellement. Ni à qui ni vers quoi. Alors ça tombe sur vous. Non mais dites donc c'est trop facile. La ritournelle c'est votre idée. Votre concept et votre. Laissez votre copain tranquille, il y a un supplément à chaque apparition et je n'ai vraiment pas les moyens.

Oui. Je le sais parfaitement que le territoire n'est pas juste l'espace extérieur que l'on vient *habiter, remplir, occuper*. Je sais aussi : je suis vivante, peut-être pas pour très longtemps mais un petit peu vivante quand même. Le territoire se doit d'être mon *prolongement*, je déploie par ma voix mon intériorité, vous entendez, Monsieur Deleuze, je chante, extrêmement faux merci mais je me permets d'insister : je la beugle, ma ritournelle. J'existe, je trace le cercle, avant d'être faut avoir, avoir un territoire, vous constatez, Monsieur Deleuze, que je me donne un mal de chien pour encore moins que pas grand-chose.

Le problème le voilà : il porte plus haut et fort que tout, le chant de la télévision. Il s'est infiltré cordes et notes, il s'est lové à la luette, l'hémisphère gauche s'est fait d'abandon argileux, l'hippocampe est docile, les synapses en curée. Je ne crois plus aux ténèbres mais aux supermarchés dont les baffles diffusent une révolution qui porte le nom de Jenifer. Endemol, ça ne doit rien vous dire. Le téléréalisme non plus. En France il n'y a eu, tout du moins pour l'instant, qu'un bon paquet de dépressions nerveuses et puis bien sûr un viol, mais dans le reste du monde on en est au huitième suicide. Huit ex-candidats qui se flinguent, je vous promets que ça fait sens et que ça n'intéresse personne. Évidemment que j'y ai pensé, mais Foucault a clamsé en juin 84, que voulez-vous qu'il pige à cette histoire de fou, il me faudrait des heures pour le mettre au parfum et pas mal de billets que je ne peux pas sortir. Je vous ai dit que je n'avais pas le choix.

Le téléréalisme, oui c'est bien ce que j'ai dit. J'aurais préféré un autre mot, un tout fait par quelqu'un si possible un penseur mais je n'en ai pas trouvé. Baudrillard, lui, il dit *ready-madisation*, mais ça n'a rien à voir et ça ne m'est pas utile, parce que les oiseaux morts, entre nous, il s'en fout. Loana, oui, c'est ça. Jusqu'à la une du *Monde*, cet été-là, c'est vrai, quelqu'un a calculé je crois que les coupures de presse faisaient dans les cinq kilos, je dis peut-être des bêtises mais il me semble que c'est ça. Dites-moi c'est très bizarre, comment se fait-il que. Il passe par M'Batah ou par un de ses confrères, je demande juste au cas où, parce que ça doit douiller. Il vous a raconté aussi la sollerserie, eh bien c'était dans *Le Monde*, elle va vous plaire, je pense. À l'époque Philippe Sollers avait déclaré : *Kenza a un minois d'écrivain*. Ils se sont vus à la Closerie mais finalement elle a préféré le journalisme.

Dans la merde, c'est bien ce que je vous dis, c'est pour ça que je vous ai fait venir, ce n'est pas mon boulot d'inventer ne serait-ce qu'un syndrome. Vous êtes vraiment déconnecté ou bien vous le faites exprès. Les morts et les vivants dont le travail consiste à produire de la pensée, ils ne m'ont conseillé, au mieux, que des boules Quies. Le téléréalisme, ils ne se rendent pas compte, ils lisent *Télérama* mais juste les pages culture, ils ne l'allument jamais, la télévision. À part pour les JT, les films de cul ou les débats qui. En général c'est BHL et Finkielkraut. Vous avez raison, oui, c'est vrai, j'aurais dû commencer par là, vous auriez mieux compris tout de suite.

À cause du territoire et de tous ces sales restes, vous me manquez beaucoup, vraiment, Monsieur

Deleuze. Je suis déjà, je sais, dans la télévision. Je suis en elle à elle, ma ritournelle est engloutie je suis dans le ventre de l'Ogre, picotements peau rougie allergie sucs gastriques. Je n'ai plus aucun territoire, je ne suis plus rien sinon une ligne ou un chapitre, de la fiction collective un fébrile *prolongement*.

Je suinte. C'est à cause de la peur qui déflore l'épiderme, liquoreuse, acide, peu discrète. La tache de gras sur la feuille, n'y voir que cela. De l'eau de trouille mais aucune larme. Je crois qu'ils ont cassé ma chanson, jusqu'à sa moelle des fissures nettes, Monsieur Deleuze, c'est les caries qui piaillent, les craquements plombés de tétanos, les caries innombrables de l'Ogre satisfaites par l'amertume de la moisson, ils l'ont fracassée pour de bon ma chanson, leur rohart a toujours su mépriser nos os, je ne sais plus rien, Monsieur Deleuze. Plus rien qui puisse encore préserver en nos seins la vigueur ritournelle à présent qu'est venu le téléréalisme.

Pièce 19/27

« Ceci est l'histoire d'un crime – du meurtre de la réalité. Et de l'extermination d'une illusion – l'illusion vitale, l'illusion radicale du monde. Le réel ne disparaît pas dans l'illusion, c'est l'illusion qui disparaît dans la réalité intégrale. »

Jean Baudrillard, philosophe.

« L'opposé du jeu n'est pas le sérieux mais la réalité. »

Sigmund Freud, psychanalyste.

« L'image du jeu est sans doute la moins mauvaise pour évoquer les choses sociales. »

Pierre Bourdieu, sociologue.

« L'ultime jeu serait celui où le concurrent perdant est tué. »

Chuck Barris, créateur de jeux télévisés.

Pièce 20/27

« J'ai essayé de faire un film aussi complexe que ma manière d'envisager la réalité. Je crois qu'il est très ambigu, qu'il se nourrit de plusieurs sources d'énergie et qu'il est très compliqué. Je souhaitais qu'il en soit ainsi parce que pour moi c'est la vérité. »

David Cronenberg.

Videodrome est un film de David Cronenberg qui date de 1983 et a pour comédiens principaux James Woods et Deborah Harry.

Videodrome est l'histoire de Max Renn, directeur d'une petite chaîne de télévision : Civic TV. *Civic TV, celle que vous emmenez dans votre lit.* Civic TV est spécialisée dans la diffusion de programmes allant de la pornographie soft à la violence hard. Ces programmes sont adaptés aux attentes des téléspectateurs. *Je leur offre un exutoire à leurs fantasmes et à leurs frustrations. C'est un acte positif, socialement parlant.* Max est en recherche permanente de contenus extrêmes et singuliers. *Pour des raisons purement économiques, nous sommes petits, si nous voulons survivre, nous devons offrir des émissions qui ne se voient pas ailleurs.*

Videodrome est le nom d'un programme en soi, piraté par un assistant de Max Renn. *Pas d'intrigue, pas de personnages, juste de la torture et du meurtre.* Il ne s'agit pas d'un show simulé mais d'images réelles, à l'instar des snuff-movies qui ne tarderont pas à être en vogue dès le milieu des années quatre-vingt. Max Renn, fasciné, enregistre et visionne en boucle ces images.

Videodrome est la rencontre de Max Renn avec Nicki Brand, animatrice radio du *Emotional Rescue Show*, portée sur le masochisme et de fait fortement troublée par le programme. Regarder ne lui suffit pas : elle part en quête du lieu de tournage. Pendant ce temps, Max est en proie à de multiples hallucinations. Nicki l'appelle derrière l'écran, l'invitant sans cesse à l'y rejoindre. *C'est toi que nous voulons, Max. Viens à moi. Viens à Nicki. Ne me fais pas attendre.*

Videodrome est un signal vidéo destiné à provoquer la création d'un nouvel organe dans le cerveau du téléspectateur. C'est l'apparition de cet appendice qui est à l'origine des visions dont est victime Max Renn. Dans la télévision, la bouche de Nicki dit : *Je suis là pour te guider, Max. J'ai appris que la mort n'est pas la fin. Je peux t'aider. Tu dois maintenant aller jusqu'au bout, une totale transformation.*

Videodrome est un dispositif produit par la société Spectacular Optical, *Spectacular Optical : Garder un œil sur le monde*, dirigée par Barry Convex, leader d'une organisation politique d'extrême droite dont le but est d'assujettir à terme un maximum d'individus à l'échelle mondiale par ce biais. Dans la télévision la bouche de Nicki dit encore : *N'aie pas peur de laisser mourir ton corps, contente-toi de venir à moi, Max, viens vers Nicki. Regarde, je vais te montrer combien c'est facile.*

Videodrome est une invention du professeur Brian O'Blivion, *prophète des médias*, désormais lui aussi prisonnier de son incontrôlable création. Sa fille Bianca est à la tête de la Mission du Rayon Cathodique, permettant aux nécessiteux d'avoir accès à la télévision. *Regarder la télévision permettra de les rebrancher sur la table de mixage du monde.* Bianca O'Blivion aide Max Renn dans sa lutte contre Spectacular Optical. *Servez-vous des armes qu'ils vous ont données pour les détruire.* C'est elle qui le conduit vers l'acceptation de sa transformation *À mort Videodrome* unique issue vers la liberté *Longue vie à la nouvelle chair.*

Videodrome est l'histoire d'un corps humain qui mute, plus encore et pas trop comme c'était prévu, afin d'échapper au contrôle imposé par la télévision. David Cronenberg précise : « L'interprétation la plus accessible de la nouvelle chair serait qu'il soit possible de réellement changer ce que signifie être humain sur un plan physique. »

Videodrome est notre histoire. Celle des cerveaux humains soumis à une télévision qui, par ses programmes téléréalistes, les modifie de l'intérieur à force de les rendre disponibles.

Videodrome est leur grand soir, la nuit de l'Ogre et de ses sbires. Le kaléidoscope pailleté tortures et meurtres que l'on voudrait sans risque parce que juste symbolique, le mot chien ne mord pas pourtant il agonise et les laisses se font courtes dans la télévision.

David Cronenberg dit : « La puissance du langage : ce que je veux dire est qu'il suffit d'observer divers mouvements politiques et religieux où des slogans ont pris le contrôle des esprits et des corps, certaines personnes acceptant volontiers de faire des choses affreuses au nom d'un slogan, qu'il soit religieux, ou corporatiste, c'est comme voir son corps submergé par les mots. En les examinant et les démontant, vous vous apercevez qu'ils n'ont aucune autre valeur que l'action qu'ils engendrent. »

La narratrice quelconque ajoute : je me ferai sentinelle pour consigner chaque jour en quoi consistent vraiment les actions engendrées. Le téléréalisme affirme *que du bonheur* car aux simples d'esprit sera la béatitude. Je dois connaître leurs armes pour en devenir une et plonger à mon tour dans leur magma spongieux. Que mes ongles s'endeuillent enfin d'un sang caillé résonnant du rhésus maudit de l'oiseleur. À chaque case j'exigerai la mort du petit cheval, je ne veux plus de dés : je ne crois pas au hasard.

Pièce 21/27

La première émission dite de téléréalité s'appelait *Expédition Robinson*, elle était suédoise et a
par la suite largement été exportée sous les noms
de *Survivor* aux États-Unis ou de *Koh-Lanta* en
France.

1997, un vendredi de juin : début du tournage
en Malaisie, et première élimination d'un candidat. Sinisa Savija, trente-quatre ans, réfugié de
guerre bosniaque.

Un mois plus tard, de retour en Suède, Sinisa
Savija présente tous les signes apparents d'une
forte dépression. Il confie à sa femme redouter la
diffusion de l'émission et se jette sous un train.
Extrait de presse : « Il m'a dit : Ils vont couper ce
que j'ai fait de bien et me faire passer pour un
idiot, pour montrer que j'étais mauvais et que je
devais partir, se souvient son épouse qui ne l'a plus
revu vivant. »

Expédition Robinson a fait un record d'audience.
La production n'a pas été reconnue responsable du
suicide en 1997 de Sinisa Savija, trente-quatre ans,
réfugié de guerre bosniaque. La production ne
peut être reconnue responsable, parce qu'il n'existe

pas d'épinglage juridique pour les poupées vaudoues. La télévision n'est pas responsable d'un réel une fois qu'elle ne le filme plus.

La télévision filme aussi la réalité sur un plateau. En mars 2004, Sylvie est contactée par l'équipe de *Y a que la vérité qui compte* (TF1). Une bonne surprise l'attend, lui assure-t-on. Ayant récemment quitté un dénommé Christophe, Sylvie insiste sur le fait qu'elle se refuse à toute reprise de contact potentiel avec celui-ci. Une bonne surprise l'attend, l'assomme-t-on. Le 3 avril 2004, Sylvie se rend à l'enregistrement de l'émission et y découvre que derrière le rideau trône son ex, le dénommé Christophe. « Je ne veux pas l'entendre », dit fermement Sylvie dans le poste de télévision. Ce soir-là trois millions de téléspectateurs assistent à la torture du jeune homme éconduit.

« Il est fort probable qu'il ait ressenti ce refus comme une blessure narcissique intolérable et ce d'autant que ce refus fut public », pourra-t-on lire dans le rapport de l'examen psychiatrique subi par ce dénommé Christophe, condamné à cinq ans de prison ferme par le tribunal de Dunkerque le 23 décembre 2004 pour avoir violé Sylvie cinq jours après s'être pris la réalité sur un plateau. *Y a que la vérité qui compte* fait un record d'audience. La production n'a pas été reconnue responsable, la télévision ne peut être responsable d'aucun réel qu'elle insinue.

Igor me dit : c'est monstrueux. Dans le salon, les chats acquiescent. Igor me dit : dans le cas de la Sylvie de Bataille et Fontaine c'est quand même différent. Sur le fauteuil vert anis Temesta miaule c'est vrai que ça n'a rien à voir, le propre du télé-réalisme c'est que les cobayes toujours se proposent consentants. Et il en est de même pour les docu-fictions, les programmes de coaching, les jeux en vivarium et je voudrais du thon j'en ai marre des croquettes.

Les gens sont demandeurs, même si leur libre arbitre est ficelé par l'Ogre, que le dispositif les plie au scénario, ils veulent tous apparaître dans la télévision. Si toutes les entreprises proposaient ne serait-ce que sur un site du Net un feuilleton basé sur la vie quotidienne de leurs employés, le CPE serait passé, votre race est tragique et je veux du thon aussi, ajouta Oneko.

Le candidat serait un innocent coupable, de la chair à pâtée engagée consentante, la faute péché d'orgueil ou d'obscure crétinerie. Bien sûr, tout le monde le sait, c'est admis, mais tout de même. Je ne comprends pas très bien. Ça touche à autre chose que le quart d'heure warholien, ils ne cherchent même plus la gloire, ni la reconnaissance, c'est comme si la télé validait quelque chose comme. Juste leur existence.

Alors j'enquête. Des mois durant j'ai enquêté. Le pourquoi le comment de la motivation qui anime cette viande fraîche avide d'être tronçonnée. Le pendant et l'après de la télévision, et puis l'avant aussi, cet avant qui incite autant des êtres humains à se livrer ainsi, parfois et même souvent avec toute leur famille, conjoint, enfants mineurs, à la télévision. Je découvre que les prods font signer des contrats à toutes les personnes qui s'adonnent volontaires au téléréalisme, des contrats compliqués au jargon Kafkaland, toujours sur un coin de table et toujours dans l'urgence, au moment où l'équipe remballe les caméras. Des contrats qui stipulent je soussigné par la présente cède mon droit à l'image pour une durée de dix ans. J'apprends aussi, chemin faisant, qu'accéder aux archives des programmes Endemol relève de l'impossible, y compris pour tous ceux qui ont participé à une des *aventures* filmées 24/24. Je constate qu'il existe une association des victimes de la téléréalité. En France maître Collard devait initialement s'occuper du dossier mais il a lâché prise. Et plus je me renseigne, plus je comprends pourquoi.

Depuis janvier 2005 je m'occupe d'un forum sur le site de France 5, lié à une émission de télévision. Une émission sérieuse qui décrypte les médias et qui depuis douze ans s'intéresse aux cerveaux que l'on rend disponibles, à toute la propagande qui s'y voit distillée, aux montages qui détournent les images du réel, aux grands huit de passe-passe, à la loi de Garcimore, aux enjeux de la mire. C'est *Arrêt sur images*, c'est cinquante-deux minutes, c'est Daniel Schneidermann et c'est mon quotidien.

En novembre 2005 un des dossiers se penche sur le télé-coaching. Il y a Patrick Meney, directeur de magazines chez FremantleMedia France, société productrice d'émissions prisées par M6. *Super Nanny* et *C'est du propre*. Patrick Meney dit : Il n'y a plus de transmission de mère à fille dans notre société. Il parle de savoir-faire en matière d'hygiénisme, de ménage et d'éducation. Car ainsi va Civic TV. Transmettre valeurs et savoir-faire *c'est un acte positif, socialement parlant*.

117

En plateau faut savoir que les personnes éduquées sous l'œil des caméras sont rarement de bons clients. Ceux que j'ai personnellement contactés ou subis malgré moi sur le forum présentent souvent des failles d'une infinie béance, de la souffrance abrupte, un ego baudruché et l'âme en mille morceaux. Dans le cas du coaching leur naïveté est telle qu'elle en est désarmante, oui, ils ont cru ou croient que la télévision était leur seul recours, et souvent l'hystérie est leur dernier refuge. Colère et impuissance face à la viande hachée qu'est devenu leur soma après cette expérience.

Ils ont signé j'accepte d'être un sujet d'étude. Ils se heurtent désormais à leur nouveau statut de *Versuchspersonen*. Indifférence, mépris et raillerie d'un public damoclésé dix ans, rediffusions, best of, zapping canalplusien. Elle est ancrée en eux, c'est une marque au fer rouge, la chair elle se transforme tout autant que l'esprit après que la télé a validé leur existence. On m'a parlé de troubles très fréquemment majeurs, d'anorexie, de dépression, de conséquences concrètes dans leur réseau social, de la DDASS qui surgit après une diffusion.

Peut-on rester au monde quand on a habité dans la télévision ne serait-ce qu'une soirée, beaucoup moins, trois quarts d'heure. C'est vraiment une question. D'autant que plus j'avance dans l'investigation, plus j'entends les témoins insister lourdement sur l'absence de suivi et pire, bien sûr, bien pire. Sur le fait qu'il est rare que les cobayes et leurs enfants aient rencontré le moindre psychiatre, le moindre expert ou spécialiste. En dépit des contrats et des dires de la production. Peut-être parce qu'elle est tendre, la viande grasse, avariée. Plus apte aux larmoiements, aisée à dénerver.

Je n'ai pas eu de compassion, jamais, face à ces débris d'êtres. Ce n'est pas un sentiment vivace chez moi, je sais. C'est un peu court, jeune fille, alors j'ai continué. Continuer à chercher la raison du rejet, du dégoût même, parfois. Je crois qu'il y a une loi qui s'applique malgré moi, une loi d'ordre physique. Tout corps plongé dans la télévision subit une poussée sadique chez le téléspectateur. Torture et meurtre, on y revient. Et on y reviendra toujours. L'empathie disparaît quand le dispositif se veut Videodrome™.

Pièce 22/27

Vendredi

La vérité c'est je crois bien que mon corps n'est plus de mon côté et que ça remonte à drôlement loin. Par-delà ma naissance l'Ogre s'infiltrait déjà molécules éprouvette. La chair est pervertie parce que la chair consomme plus qu'elle ne se nourrit, je m'engrosse et m'engraisse, mon salon est une cage, je tends chaque jour mon doigt à la télévision, une figurine le palpe puis m'engage à poursuivre mon gavage quotidien. Je suis la sustentive, je sais qu'il est trop tard et que bientôt ma peau sera rôtie à souhait. J'entends dans mon cerveau les pulsations du chœur avide, je ne pense plus du tout et parfois je me gifle, espérant rétablir vainement les connexions. Circuits endommagés, rien ne sert de sévir, on m'a rebaptisée mon prénom est : sursis.

Parce que mon corps me lâche, c'est la trentaine, le tartre, les petits kystes à l'œil, je dis les à cause de la repousse, deux mois à peine deux mois après l'opération. Toujours un papillome toujours d'un beau framboise toujours l'œil et l'hémisphère gauche, le cortex préfrontal médian. Je l'ai laissé pourrir comme une fatalité. J'ai accepté des mois d'être défigurée, j'ai porté haut le fruit de la télévision.

J'ai changé d'hôpital mais l'ophtalmologiste me soutient là aussi que ça n'a pas de rapport. Je lui ai fait un schéma et il m'a ri au nez. Je lui ai expliqué, pourtant, bien expliqué, et puis cité aussi le professeur O'Blivion car *la télévision est devenue la rétine de l'œil de l'esprit*. Ça ne l'a pas convaincu et il m'a précisé que l'Institut Rothschild se trouvait dépourvu de service psychiatrique. Je suis rentrée à pied et un petit peu vexée.

C'était hier et je sais bien que ça sera toujours hier. Parce que le temps ne peut être qu'en boucle, désormais, juste en boucle. La suspension au semainier, ça fait partie de leurs méthodes, aux laborantins cervicaux. Entre le JT du midi et celui du 20 heures, sans consulter l'horloge je sais au quart d'heure près la tranche où je me trouve. J'ai intégré les grilles, les rythmes du débitage, l'huilé des enchaînements. L'après-midi ronronne dans la télévision. Distinguer les fragments qui composent une journée m'est à présent aisé, j'ai même cru un moment que ça m'ancrait un peu dans la réalité, dans le temps collectif, que j'avais des repères concrets, sécurisants. Mais c'était sans compter l'obscure malignité de la boîte ogrière.

Les six heures qui s'écoulent et quelle que soit la chaîne entre les deux journaux sont ourlées recyclages et donc rediffusions. Et il est impossible de connaître le jour et encore moins le mois qu'affirment en lettres rouges tous les calendriers. L'hippocampe tournicote, tout est si déjà vu tout est si familier, j'intègre naturellement toutes les publicités, je ne différencie rien et chaque nouveau slogan fixe mieux mon attention dans ce cycle infernal où l'inédit est rare. Je crois que je n'en peux plus et je déteste mon corps, l'existence même des corps. Je suis à l'aube du treizième mois et je ne supporte plus la viande, celle dont je suis constituée, celle qu'on m'invite à exhiber harnaché de cuir taïwanais, conçu imperméable grâce à sa croûte de sueur d'enfants.

Tout ce qui a trait à la sexualité provoque plus qu'un rejet, je frôle le vomissement. Je ne peux plus du tout à la télévision le rayon charcuterie scintille si gras si cramoisi, des orgasmes jaillissants qui me violentent les pores autant que les tympans. Souvent j'ai rencontré des gauchistes radicaux qui arguaient que la baise n'est que consommation, l'abstinence un rempart aux incises bipouvoir et je les trouvais dingues et je les jugeais rictus et je concluais en moi ignorants impuissants mais quelle bande de frigides. Je fais moins la mariole et j'ai le haut-le-cœur. Je serais célibataire suite à cette expérience je cesserais sur-le-champ tout contact charnel en acte de résistance.

Je n'ai plus de désir, de façon générale. Au même titre que le flou s'empare des hiérarchies, j'ai perdu tout repère concernant mes envies. Je me fais sourde, je crois, aux sollicitations de la télévision, à sa vie mode d'emploi, je me suis réfugiée dans un refus global, absurde, barbare et querelleur. Je me voudrais capable d'un autisme complet, je n'aspire plus à rien si ce n'est jeûne, silence et parfaite autarcie. En classe de seconde je me souviens, le prof d'économie disait : notez besoins primaires se nourrir se loger se vêtir. Au Japon cette année apparition d'un nouveau concept téléréaliste. Un homme nu, une pièce vide et un ordinateur connecté au réseau. Pour survivre il se doit de gagner à des

jeux en ligne, seuls ses gains et cadeaux lui permettent de tenir. Un lot de boîtes de conserve arrive
au troisième jour mais il manque l'ouvre-boîte.

J'ai perdu tout le poids que j'avais accumulé, je
ne porte que de vieilles jupes longues avec un col
roulé. Igor est d'une patience qui mériterait bien
plus qu'une canonisation. On appelle ça l'amour,
et ça n'existe pas dans la télévision.

Pourtant je continue, je m'y suis engagée, je n'ai
pas terminé mais je ne sais plus vraiment quand
et surtout comment tout cela doit finir. Il me manque quelque chose, et chaque nuit j'entends la voix
de Nicki Brand. Elle me dit : viens à moi, et elle
porte une robe rouge tout comme Sara Goldfarb
jouée par Ellen Burstyn : *Requiem for a dream*.

Pièce 23/27

Du programme de téléréalité comme narration soumise aux principes de Vladimir Propp : étude du personnage du candidat gagnant

Cet ouvrage est consacré aux programmes de téléréalité. [...] Par programmes de téléréalité nous entendons ceux qui sont classés dans l'index d'Endemol sous les numéros 300 à 749. [...] Nous entreprendrons de comparer entre eux les sujets de ces programmes. Pour cela, nous isolerons d'abord les parties constitutives des programmes de téléréalité en suivant les méthodes particulières, puis nous comparerons les programmes selon leurs parties constitutives. Le résultat de ce travail sera une morphologie, c'est-à-dire une description des programmes selon leurs parties constitutives et des rapports de ces parties entre elles et avec l'ensemble. [...]

Ce qui change, ce sont les noms (et en même temps les attributs) des candidats ; ce qui ne change pas, ce sont leurs actions, ou leurs fonctions. On peut en conclure que le programme de téléréalité prête souvent les mêmes actions à des candidats différents. C'est ce qui nous permet

d'étudier les programmes de téléréalité à partir des fonctions des personnages.
[...]

Les observations présentées peuvent être brièvement formulées de la manière suivante :

1. Les éléments constants, permanents, du programme de téléréalité sont les fonctions des candidats, quels que soient ces candidats et quelle que soit la manière dont ces fonctions sont remplies.

2. Les fonctions sont les parties constitutives fondamentales du programme de téléréalité. Le nombre des fonctions que comprend le programme de téléréalité est limité.

3. La succession des fonctions est toujours identique.
[...]

Le découpage en quatre séquences et trente et une fonctions est applicable aux programmes de téléréalité comme aux contes.

Dans un souci de clarté, nous ferons suivre chaque point issu du système de Vladimir Propp par des exemples tirés des cinq premières saisons de *Star Academy*.

A. Prologue qui définit la situation initiale

Ils sont seize à vouloir devenir stars. Ils rêvent de succès, ils attendent la gloire. Le travail, la rigueur, la précision : c'est ce qu'on va leur demander. Et sous vos yeux, ils vont devoir tout donner. Un seul gagnant, c'est vous qui décidez.

B. Séquence préparatoire

1. Éloignement

Les candidats sont enfermés dans le château de Dammarie-les-Lys (77), loin de leurs famille, amis et réseau social.

2. Interdiction

Les candidats ne doivent pas décevoir les téléspectateurs, sous peine de voir chuter dangereusement l'audimat, et de fait les bénéfices engrangés par TF1. Pour cela ils doivent se conformer aux préceptes de Nikos Aliagas, à savoir : vivre *une aventure artistique mais avant tout humaine* sous l'œil des caméras.

Les interdictions liées à l'aventure artistique sont liées aux disciplines enseignées : chanter faux, effectuer les chorégraphies imposées avec la grâce d'un fer à friser, avoir sur scène le charisme d'un rat défunt.

Les interdictions liées à l'aventure humaine sont liées à l'attente du téléspectateur : les candidats ne doivent pas maîtriser leurs émotions, s'exprimer en français courant, éviter les frictions et les flirts.

3. Transgression

Généralement, le candidat qui s'avérera gagnant chante techniquement juste. Il est par contre assez fréquent qu'il danse comme un dindon handicapé ou soit dénué *d'univers artistique*.

4. Interrogation

Les professeurs interrogent les candidats sur leurs motivations et leurs goûts musicaux afin de cerner lesquels seront ou non aptes au formatage.

5. Information

Grâce aux cours de Raphaëlle Ricci qui s'ouvrent sur *l'humeur du jour*, les téléspectateurs sont informés du quota d'orphelins, d'anorexiques, de sujets atteints de déficiences diverses ou pulmonaires présents dans chaque promotion, ainsi que de l'évolution de leur dépression nerveuse.

6. Tromperie

Les candidats enregistrent un album de reprises pourries, que la production leur fait prendre pour de l'art sous prétexte qu'il est entré directement à la première place des ventes.

7. Complicité involontaire

Le candidat trouve que finalement, Céline Dion, c'est génial.

C. Première séquence

8. Méfait

Raphaëlle Ricci dit à Magalie qu'elle n'a pas d'univers artistique (Saison 5), à Grégory qu'il a retenu ses émotions (Saison 4), à Élodie que y en a marre de la voir chialer pour rien (Saison 3), à Nolwenn qu'elle chante comme une vieille Montmartroise (Saison 2) et à Jenifer qu'elle a la silhouette d'un hamster (Saison 1). Parfois, le dommage peut être une nomination.

9. Appel au secours

Magalie se gave de croissants en expliquant au mur que la variété est en soi un univers artistique, Grégory pleure dans les bras de ses camarades parce que vraiment c'est trop cruel, Élodie morve

127

en salle d'interview, Nolwenn couche avec Matthieu Gonnet et Jenifer avec Jean-Pascal. Dans le cas d'une nomination, le candidat prend connaissance de sa situation en même temps que les téléspectateurs, lors de la quotidienne réalisée en direct et duplex. Le candidat en danger fait appel aux téléspectateurs, afin de le sauver via des SMS surtaxés.

10. Début de l'entreprise réparatrice

Le candidat craignant la nomination, voire, si c'est déjà fait, l'élimination prochaine, il répète avec rage et détermination les chansons et chorégraphies qu'il devra effectuer au prime. Il peut également simuler l'amorce d'un régime et obtenir des anxiolytiques auprès du médecin de garde. Il se lance parallèlement dans une campagne de séduction salvatrice auprès du public, et joue souvent la carte de *l'aventure humaine*.

11. Départ du héros

Le candidat se rend en bus à La Plaine-Saint-Denis, pour le prime.

12. Intervention du donateur

Afin de tester la capacité du candidat à assumer son futur statut de star, il est envoyé à la rencontre du public (le donateur) via un mini-concert et une séance de dédicace, si possible dans une Fnac de sa ville natale ou au Virgin Megastore des Champs-Élysées. À part Magalie qui a eu droit à un super-marché.

13. Réaction du héros face au donateur

Le candidat est infiniment ému par toutes ces preuves de soutien et d'amour, et passe de nombreuses heures à s'adresser aux caméras de sa chambre, afin de confier à ses fans combien il n'en revient pas de tout ce *bonheur*, lui qui était encore il y a deux mois un anonyme, et il y a quinze ans un enfant persécuté par toute sa classe de maternelle.

14. Transmission

Parce que les téléspectateurs-consommateurs le soutiennent, le candidat accède au quart et demi-finale. À noter que, parfois, production et professeurs sont un peu paniqués par le choix du public, qu'ils n'arrivent pas toujours à parfaitement contrôler, en dépit du dispositif.

15. Déplacement vers l'objet de la quête

Le candidat doit chanter une chanson imposée, dont les paroles font sens pour qui s'intéresse aux intentions de la production. Ainsi, Magalie interprète *Le monde est stone*, ce qui lui permet de délivrer le message suivant au public : *Venez pas me secourir/Venez plutôt m'abattre/Pour m'empêcher de souffrir.*

16. Combat

Le candidat affronte ses camarades restants, puisqu'*il ne doit en rester qu'un* et que *c'est vous qui décidez*. Afin que le public puisse envoyer un maximum de SMS surtaxés, le spectacle doit être complet, et le cerveau reptilien grandement sollicité. Il a en effet été démontré que le cerveau reptilien, en raison de l'archaïque système dit de Lamy qu'il recèle, impose à tout individu assistant à un combat de choisir un favori. Selon les neurobiologistes, ce réflexe remonterait aux temps préhistoriques, où repérer forts et faibles tenait de la survie.

17. Marquage

Parce qu'il a dû effectuer une chorégraphie de Kamel Ouali, qui à ce niveau de la compétition implique d'être suspendu dans le vide, badigeonné de peinture, aspergé d'eau glacée, ou de virevolter sur des chaises en rotin tout en interprétant un tube d'Universal susceptible de convenir, le candidat sort de scène avec une laryngite aiguë et une cheville foulée.

18. Victoire

Grâce aux votes du public, le candidat repart vainqueur tandis que TF1 et Endemol empochent plusieurs millions d'euros relatifs à la vente d'espaces publicitaires et aux SMS surtaxés.

D. Deuxième séquence

19. Réparation du méfait

Le candidat, rassuré par son pourcentage de voix, se dit qu'il a fait preuve de travail, de rigueur, de précision, et qu'il a tout donné. Puisque c'est le public qui décide, lui qui rêve de succès et qui attend la gloire peut devenir une star.

20. Retour du héros

Le candidat plébiscité par le public fout bien les boules à ses concurrents restants qui ne lui adressent plus la parole au château, et éventuellement à Raphaëlle Ricci qui continue de se demander en quoi consiste son univers artistique.

21. Poursuite

Durant la dernière ligne droite, le candidat est harcelé soit par un professeur qui ne peut pas le blairer, soit par son dernier concurrent. Et parfois par tout le monde, ça dépend des années.

22. Secours

Le candidat est aidé par un professeur qui lui apporte soutien psychologique et cours particulier. La ville d'où est originaire le candidat se mobilise, via un comité et la réquisition de la salle polyvalente de la municipalité, ou le garage de sa grand-mère.

23. Arrivée incognito du héros

Déguisée en Guillaume Dustan, Magalie se rend sur le prime pour interpréter *Dancing Queen*.

24. Imposture

Durant la dernière semaine, le dernier concurrent restant face au candidat s'avère être épouvantablement hypocrite, mais alors à un point dont vous n'avez pas idée.

25. Tâche difficile

Lors de la finale, le candidat doit réaliser une série de chorégraphies qui mériteraient qu'on dénonce Kamel Ouali à Amnesty International, tout en interprétant des chansons issues du catalogue Universal. C'est vachement dur.

26. Accomplissement de la tâche

Le candidat réalise avec succès ses trois saltos avant sur une reprise de Céline Dion.

27. Reconnaissance du héros

Le public présent est en liesse, et applaudit à tout rompre. Les professeurs, y compris Raphaëlle Ricci qui a fini par se faire une raison, saluent la prestation du candidat pendant que Nikos Aliagas répète en boucle c'est formidable en se prenant pour Fred Astaire.

28. *Découverte*

Le candidat perdant masque difficilement sa déconvenue, ses traits se figent si c'est un garçon, son visage se noie sous les déjections nasales et lacrymales si c'est une fille. Dans les deux cas, l'évincé a l'air d'un loser aigri et on se dit que c'est bien fait parce qu'en fait il est moche.

29. *Transformation du héros*

Grâce au savoir-faire des maquilleuses, des stylistes, et à la magie de Photoshop, le candidat devient sublimement méconnaissable à la une de *Télé 7 jours*.

30. *Punition*

Le candidat perdant met deux ans à sortir un disque que seule sa famille se procure. S'il est belge, la justice lui remet la main dessus. S'il est Emma Daumas, il se fait posséder par l'esprit d'Avril Lavigne.

31. *Le héros monte sur le trône*

Le candidat est officiellement déclaré star, il a le succès et la gloire, tout du moins pour un certain temps.

Clotilde Mélisse, *Morphologie de la* Star Academy, Éditions è®e, 2007.

Pièce 24/27

Début septembre à mi-décembre. Quinze semaines par an, le plus grand marronnier du téléréalisme depuis l'automne 2001. La *Star Academy*, je ne peux pas faire l'impasse. Alors oui, je m'abonne, le câble, 24/24, je suis sur TF1 les primes et quotidiennes. J'observe scrupuleusement, je note et je constate. Le passé, le présent. Je vais sur Internet, je fouille dans les archives, je visionne, me renseigne.

Je vis dans le château. Je me lève avec eux, j'adapte mon travail à leurs activités. Diapason à leur rythme. Cette année, saison 5, je pense que j'ai de la chance parce qu'ils ne foutent rien. Par contre, je ne les aime pas, à part deux ou trois candidats et encore, non, je ne les aime pas. Je crois que j'ai mis du temps à m'en apercevoir. Le niveau est très bas, peut-être que ça joue. Ils sont jeunes et idiots, je pense que je vieillis, j'attends d'adolescents qui veulent devenir des stars un comportement adulte, posé et réfléchi alors que c'est incompatible, tout simplement incompatible. Sinon ils ne se seraient pas inscrits, je pense, en connaissance de cause. Certains ont conscience de ce qu'ils font. Une opération dernière chance. Mais ils ont de la bouteille, un surtout, le seul supportable, parfois même sympathique.

Je prends des notes chaque jour et j'en déduis les phases par lesquelles je passe peu à peu. Je scrute l'écran flux continu, je ne les regarde pas toujours bouger dedans, pas tout le temps, ce n'est pas la peine. Je les entends. Je vis avec. Ils emplissent l'espace et mon temps. Igor a déserté le salon, ça l'a amusé au début mais il a déclaré forfait. Il est un peu inquiet, aussi. Évidemment je suis au château, alors au-delà de l'expérience, de l'étude téléréaliste, je suis tellement en immersion que j'en parle beaucoup à tout le monde. Il me dit qu'il a l'impression parfois que je suis une candidate tellement je me sens concernée, il ne comprend rien aux anecdotes et surtout il mélange tout le monde. Il a fait des efforts, vraiment énormément, mais je dois sans cesse lui expliquer et il se trompe de prénoms tout le temps. Très étrangement ça m'insupporte. Comme si tout cela allait de soi, était lisible et important.

Il a pris le parti des primes, mais je pense que c'est pour ne pas me perdre. Pas au sens perdue pour de bon, c'est juste un problème de planning, il décompte parfois les semaines, dit dans tant de mois ce sera fini, s'enquiert pas mal de mon travail, à mon avis pour se rassurer. Je suis vraiment devenue une téléspectatrice. Ça n'a rien de plaisant, de glamour, ni de drôle. Pour personne ni pour moi. Mais quoi qu'il puisse en ressortir, quoi que ça puisse donner comme trace, je sais qu'il se passe quelque chose, en moi et pour de vrai. Quelque chose comme bien sûr mon crâne qui se remplit tous les jours d'oiseaux morts qui n'y étaient nullement avant que ça commence. Quelque chose comme une forme de réalité imposée depuis longtemps à des millions de personnes. Ça ne sert peut-être à rien, mais je dois persévérer. Ressentir mon cerveau qui devient disponible, neurone à neurone disponible, je sais que ça n'a pas de sens pour beaucoup et pour vous. C'est juste un témoignage éperdu comme tant d'autres, sans valeur ni effet. Mais c'est un bout de vie. Un petit bout d'une vie ébranlée par une phrase en juillet 2004, qui a voulu comprendre comment on la mangeait.

Il semble que je deviens un peu paranoïaque, que je surinterprète des détails sans fondement. Alors j'ai fait un tri, les ficelles de la prod finalement c'est l'affaire, je pense, des journalistes. Je recopie ce soir uniquement mon rapport, mon rapport propre à ce que j'ai vu je vois.

Semaines 1 & 2

Mise en fiction. Les candidats très vite deviennent des personnages, les profils sont les mêmes, chaque année on le sait. Le casting est établi en panel d'archétypes, je mise sur les interactions probables, les alliances et les désamours. La pimbêche, la godiche, la dodue, le beau gosse, la petite pouffiasse ou bien le trublion. Le jeune homosexuel plus ou moins assumé, le quota représentatif de chaque minorité. Les freaks, aussi, bien sûr. Des jumelles qui comptent une, baraquement monstres de foire, les siamoises c'est nouveau, il fallait y penser. Il y a des doublons, je sais que ces silhouettes sont présentes pour l'étoffe, les breloques décorum. Dans le 24/24 les plans fixes sur les murs, le parc ou la façade déjà se multiplient. Censure éditoriale, fuites en salle CSA. Le cannabis, parlons-en. Schéma communautaire appliqué sans surprise, hiérarchie et distribution. Il y a les juste bons pour *l'aventure humaine* et ceux-là pour apprendre, faire leurs preuves, supplier un contrat. Je joue les bookmakers avec quelques amis, Igor, et les deux chats. C'est un nouveau feuilleton et je suis enthousiaste.

Semaines 3 & 4

Mise en place des intrigues. Développement des rapports entre les personnages. La quête principale se dessine, les héros potentiels s'imposent. Les chèvres aussi. La narration prend forme, dans mon salon je vis aux côtés d'une sitcom. Peut-être un peu dedans. J'abandonne peu à peu le réflexe vivarium. Au début de cette période j'observais très longuement leurs moindres agitations, pour peu je vérifiais si le taux d'oxygène impulsé dans le bocal était réglé convenablement. Je disais *mes bestioles*. En dix jours c'est passé. Plus le scénario se tisse, plus j'oublie que ces corps sont ceux d'êtres vivants. Je le sens et le sais, ça devient définitif. Ce sont des personnages, juste des personnages. Déréalisation des corporalités et de leurs émotions. Quand je regarde un film il m'arrive de songer au jeu du comédien, un instant très fugace je dépiaute la fiction pour revenir à l'humain qui s'y drape doctement. Eux, ils ne sont plus réels. Peut-être même encore moins qu'un personnage de livre : ils ne sont pas faits de chair et encore moins de mots. Je ne sais pas ce qu'ils sont. Gilles Deleuze : *L'image n'est pas un objet, mais un processus.*

Semaines 5 & 6

La fiction est souveraine. Je perds toute empathie. Le basculement jour 3 de la semaine 5, en fin d'après-midi. Je tente en semaine 6 de me rappeler à l'ordre. Leurs craintes ne sont pas feintes, leur ressenti existe. Mais j'ai dû basculer. Ils ne sont plus que pâture, je n'épie que les faux pas. Mon propre favori pourrait mourir sur scène ça n'évoquerait en moi qu'un tube de Dalida. Igor me dit peut-être, c'est de la lassitude. J'aimerais que ce soit ça. J'ai comme une addiction en train de s'intensifier, je suis obnubilée, je ne veux rien rater, c'est donc bien autre chose. Le seul rapprochement que je puisse faire avec un rapport de ce type ce serait avec une série, mais si je ne ratais pas *Buffy* c'était par goût et par plaisir. Dans la bouche un navet pas cuit, j'ai besoin de mâcher, ça ne peut être que ça, sinon où est le mobile. L'interactivité je ne l'expérimente pas puisque je ne vote pas. Rebondissement des épisodes, suspens fictif et sans enjeu. Qui sort du château quitte l'histoire et s'évaporera aussitôt. J'ai passé mon doigt sur l'écran, j'ai pris la poussière pour de la buée, j'ai eu un court pincement au cœur, j'espérais qu'ils sachent respirer. Je n'assiste plus au formatage d'individus, j'inspecte juste une chaîne de fabrication. Quelle empathie pour un produit, quelle estime ou quelle sympathie. À la fin de la semaine 6 la réification est en moi validée. Je sais que cette distance, c'est elle qui est fatale.

Semaines 7 & 8

C'est l'ère Videodrome™, la torture et le meurtre. Je ne suis plus spectatrice que d'un cirque an 40. Les tensions sont nombreuses, des flaques de larmes dans lesquelles leurs nerfs s'échouent en vermicelles. Je m'en repais, je suis avide. Je me délecte des névroses qui s'égouttent des vernis craquelés. Je suis carnassière aux souffrances et leur douleur me fait du bien. Ici s'amorce l'exutoire. Ce n'est pas une catharsis, les tripes fumantes du bouc ne javellisent aucune faute, ce n'est pas que du spectacle et c'est là que réside d'ailleurs la tragédie. Je reprends conscience : il y a du sang et des organes, plusieurs kilos par candidats, quelque part pour de vrai dans le 77. Mais en rien cette donnée ne peut me rendre raisonnable. C'est d'ailleurs tout le contraire. Pulsions sadiques fréquentes, apparition d'un rire qualifiable de mauvais, englué de glaires sardoniques. J'ai dans le ventre une drôle de boule, chaude et compacte, qui me vrille le plexus solaire.

Semaines 9 & 10

Les paris que je fais ne portent plus sur l'issue de la course, mais sur la profondeur des plaies et les cloques qui se crèvent, parsèment leur endurance. Le matin je les jauge, j'évalue les dommages récents et à venir, je mets en place des hypothèses relatives à leur force mentale qui ne cesse de s'effilocher. L'épuisement les gagnera, tous, un par un, certains déjà sont essoufflés, ce n'est pas un facteur valable, je ne m'attache qu'aux faiblesses internes. Une fois scannées précisément j'attends et n'espère plus que cela, assister à l'instant vermeil où l'aiguille s'enfoncera mesquine, exactitude, point névralgique. La production va en mon sens, mais sans finesse car tout s'enlise. Pour relancer la dynamique dramaturgique, les ficelles usées sont épaisses, leur cordage fadasse, élimé. Dans mon crâne j'ai tellement d'idées, de propositions raffinées infiniment plus distrayantes. J'ai pris en grippe une blonde et quelques autres, aussi. J'exhorte et je suggère mais personne ne m'écoute, ce qui est décevant. De temps en temps je n'y tiens plus, ma main traverse l'écran, la happe, je lui arrache les cheveux et lui déchire les joues en appuyant très fort sur la lame de rasoir. La pulpe de son œil s'évide, je fais tourner mon pouce, le nerf optique qui s'entortille autour, sa tempe que je fracasse sur le coin de la table je me sens tellement mieux. C'est un transfert, je sais. C'est elle mais c'est Aline, et toutes les garces humides qui jonchent chaque jour ma route, traçant la leur, cuisses écartées et cerveaux vides. La preuve tangible et récurrente que la rythmique est phallocrate, que qui veut faire bander les queues ne peut finir que dans le fossé. J'éjacule ma haine brute qui en fissure l'écran. J'insulte des heures durant la fadeur des pouliches avachies au divan, chouinant dans la cuisine, fanfaronnant bécasses au kiosque du jardin. Et puis. Surtout. Je frôle l'orgasme aux primes lorsqu'un mauvais objet avorte sa prestation. Plus les semaines défilent, plus les mines déconfites, les pommettes ruisselantes, les soupirs douloureux m'apportent du plaisir. Les nominés souvent croient tellement jouer leur vie, j'adhère à cette vision, je guette la mise à mort. Ce serait comme une vengeance dépouillée de mobile. De la cruauté pure, une sauvagerie immaculée. Je grimpe sur le plateau après les résultats et je suis le boucher, j'ai les mains pleines de têtes, l'iris de l'innocence : je n'ai pas commencé, moi, je n'y suis pour rien. C'est de la faute de Nicki, sa robe est délavée il faut bien que quelqu'un lui ravive les tissus.

Semaines 11 & 12

Le château se dépeuple et j'erre dans les couloirs. Il fait chaud, un peu moite. Je glisse sur le parquet, mes pas sont silencieux. Mlle Brand est belle ce soir. Des perles poisseuses fourchent ses cheveux. Ses lèvres sont gonflées elles emplissent le boudoir, son rouge a renversé les meubles, je ne vois pas ses chaussures mais elles doivent être dorées. C'est dans l'ordre des choses. Ce qu'elle dit, je l'entends, le carillon carnage, je n'aurai plus jamais faim, j'ai affûté mes dents. Tout est simple à présent. Infiniment simple et facile. La salle de bains est sale. Les miroirs sans reflet et le frigo rempli. Il reste quelques lits vides. Je suis très fatiguée.

Pièce 25/27

Déposition 00794
Motif : Disparition de personne

Je m'appelle IGOR TOURGUENIEV, résidant XX rue XX-XXXXXX, 750XX Paris. Je suis le conjoint de CHLOÉ DELAUME, avec qui j'habite depuis deux ans.

Hier soir, je suis allé me coucher vers trois heures du matin. Ma fiancée est restée dans le salon, où elle travaillait sur son ordinateur. La télévision était allumée.

À huit heures ce matin je me suis levé. Elle n'était pas à côté de moi, ce qui arrive souvent ces derniers temps, car elle est en train d'écrire un livre, et fait fréquemment des nuits blanches.

Je suis allé dans la cuisine boire du jus de pomme. Puis je me suis rendu dans le salon.

La télévision était toujours allumée, son ordinateur aussi, mais elle n'était pas dans la pièce. J'ai voulu éteindre le poste mais je n'ai pas trouvé la télécommande.

J'ai d'abord pensé que Chloé était sortie acheter des cigarettes, ce qui lui arrive souvent le matin après une nuit blanche. J'ai quand même été surpris parce qu'une cartouche était en évidence sur la cheminée, et que je ne l'avais pas entendue quitter l'appartement.

Au bout d'une demi-heure, je me suis inquiété, ne la voyant pas revenir. Chloé n'a pas de téléphone portable, je n'avais pas de moyen de la joindre. Je suis retourné dans le salon et c'est en m'avançant vers la télévision pour l'éteindre que j'ai marché sur un de nos chats, ce qui explique qu'il y ait du sang frais sur la moquette.

Les deux verrous de la porte d'entrée étaient fermés à double tour. Chloé ne ferme jamais le verrou du bas, même quand elle s'absente longtemps, et cela en dépit de mes conseils. J'ai trouvé cela bizarre.

C'est alors que j'ai constaté que ses clefs étaient restées sur la table. Il n'existe que deux jeux de clefs, tout du moins à ma connaissance. J'ai le mien avec moi, le sien est resté à l'appartement.

Je ne m'explique pas sa disparition et je suis très angoissé. Ma compagne n'avait aucune raison de partir, elle n'a pas de problème particulier en ce moment, même si elle est suivie régulièrement par le docteur Lagarigue à l'hôpital Sainte-Anne pour troubles bipolaires. Nous devons nous marier en juin, et lorsque je l'ai quittée pour aller me coucher tout était parfaitement normal.

J'ai regardé ses mails pour savoir si elle avait reçu un message dans la nuit pouvant justifier son départ, mais je n'ai rien trouvé.

Si elle avait décidé de partir sans me le dire, elle ne l'aurait pas fait en pyjama, même dans l'urgence.

Je joins à ma déposition la fiche descriptive de CHLOÉ DELAUME et demande que les services de police ouvrent une enquête.

[Rapport d'enquête référencé 25 *bis* en annexe.]

Pièce 26/27

Je suis l'aorte du Château. Je palpite en ses murs, tout du moins pour l'instant. Vif-argent je circule, serpente entre les pierres, des lambourdes aux lustres de plastique je me faufile avec une aisance mécanique. Je ne suis plus disjointe, je suis un élément.

Je suis une valve pulmonaire, une cellule écarlate, l'émissaire vendangée, la fin du porte-à-faux. Je ne suis pas prisonnière de la télévision. Je ne suis pas non plus au Village, je suis je dis un globule rouge, je suis délayée au ciment. Je suis la passagère d'un radeau médusé en éternel retour, une écume qui s'ébroue parois du processus. Je suis l'aorte du Château.

Je suis une transfusion fertile et grillagée. Une veine abracadabrantesque qui se gorge de princesses et vomit des citrouilles à très cher le kilo. *Et que celui qui entend dise : Viens. Et que celui qui a soif vienne ; que celui qui veut prenne de l'eau de la vie, gratuitement.*

Le Château de la *Star Academy* se trouve à Dammarie-les-Lys, Seine-et-Marne, 20 659 habitants. Le maire de Dammarie-les-Lys s'appelle Jean-Claude Mignon.

Jean-Claude Mignon est UMP. Il est chef d'entreprise et exerce la fonction de maire mais aussi celle de député, place numéro 27 dans l'hémicycle. Il est membre de la commission de la Défense, vice-président des groupes d'amitié entre la France et vingt-cinq pays. Il a également signé la proposition de loi portant sur la création d'un Observatoire de l'Immigration.

Lorsqu'il exerce sa fonction de député-maire, Jean-Claude Mignon dit : *Je considère qu'il est grand temps de restaurer l'autorité de l'État* ou *Je suis affligé devant un certain nombre de critiques faites à notre police nationale* ou *Les préfectures accordent un très grand nombre de logements aux immigrés. Je remarque aujourd'hui une sensation de ras-le-bol. Ce n'est pas du racisme, c'est de l'exaspération.*

Il y a un château à Dammarie-les-Lys, un centre-ville et une plaine. La Plaine-du-Lys. Sur la Plaine-du-Lys il n'y a pas de village, il y a des cités dites du Bas-Moulin.

Lorsqu'il exerce sa fonction de député-maire, Jean-Claude Mignon dit : *On ne peut pas faire une bonne prévention si ce n'est pas accompagné d'une systématisation de la sanction pour tout délit commis, comme à New York.*

Le 16 décembre 1997, un habitant du Bas-Moulin, Abdelkader Bouziane, seize ans, est, au terme d'une course-poursuite avec les forces de l'ordre, abattu d'une balle dans la nuque.

Le 21 mai 2002, suite à une violente querelle familiale ayant amené les voisins à alerter la police, Xavier Dem, vingt-trois ans, est tué d'une balle dans la tête par le policier sur lequel il a tiré avec la carabine à plombs de son grand-père.

Le 23 mai 2002, Mohamed Berrichi, vingt-huit ans, fait une chute mortelle, à scooter, au cours d'une course-poursuite avec la Brigade Anti-Criminalité (BAC).

Lorsqu'il exerce sa fonction de député-maire, Jean-Claude Mignon a beaucoup de problèmes avec la Plaine-du-Lys. Il y a des manifestations qui rassemblent huit cents personnes, un bâtiment municipal qui est défoncé à coups de bélier et un incendie qui se déclare. C'est pour ça qu'il fait envoyer, le 24 juin 2002 à six heures du matin, deux cents policiers pour encercler la barre du Bas-Moulin. Il y a des CRS, des officiers de police judiciaire et des tireurs d'élite du RAID, postés sur le toit du supermarché, en face.

Le 10 octobre 2002, Jean-Claude Mignon exerce sa qualité de maire. De maire d'une ville à la fiction immaîtrisable. D'une ville dont le flanc droit refuse la tolérance zéro en guise de cautérisation. D'une ville dont le bas-ventre produit une fiction gangréneuse qui reste dissonante et n'est pas intégrable à la trame narrative globale, à la grande fiction collective.

Le 10 octobre 2002, Jean-Claude Mignon exerce sa qualité de maire et se rend au château de Dammarie-les-Lys. Il est présenté aux candidats, leur confie sa *passion pour la variété française*, ainsi qu'un cd sur lequel il a enregistré une reprise de Bernard Sauvat, *L'amitié*, titre sorti en 1974.

Jérémy Chatelain, candidat populaire répondant au profil BG 567, dont la capacité d'interaction sur le groupe est particulièrement développée, s'entiche de cette ritournelle primesautière.

> *L'amitié c'est pour moi un paysage*
> *L'amitié tu viens et on partage*
> *L'amitié ce n'est pas un feu de bois*
> *L'amitié ce n'est pas une tape dans le dos*
> *L'amitié c'est toi qui ne réclames pas*
> *Ce qu'un jour tu m'as donné*

L'amitié devient en quelques jours le running gag des staracadémiciens. Durant les émissions quotidiennes, le montage est ponctué par des saynètes où les jeunes gens reprennent en chœur et en toute occasion ce nouvel hymne.

Le 21 octobre 2002, Jean-Claude Mignon, qui récuse tout débordement policier dans sa ville et qualifie les militants associatifs qui lui tiennent tête de *petits terroristes de quartier*, apprend que son commissariat doit se séparer d'un de ses membres, suite au jugement rendu ce jour par le Parquet : un policier de Dammarie-les-Lys est accusé de violences aggravées pour avoir frappé un certain Adil Basraoui en 1996 et de lui avoir chemin faisant cassé quatre dents.

Le 23 octobre 2002, Jean-Claude Mignon se joint aux candidats lors du prime et interprète à leur côté *L'amitié ce n'est pas un feu de bois*. Ce soir-là TF1 réunit 12 millions de téléspectateurs.

Lors de la finale de la *Star Academy* saison 2 en janvier 2003 Nikos Aliagas, présentateur de l'émission dit : *Pour Nolwenn tapez 1, pour Houcine tapez 2 et n'oubliez pas de voter aux vraies élections, c'est important de voter.*

Depuis 1983, date de sa première candidature à la mairie de Dammarie-les-Lys, Jean-Claude Mignon achève ses réunions de campagne électorale par *L'amitié*, qui est reprise en chœur par ses plus fervents partisans.

Depuis 2003, on retrouve *L'amitié* interprétée par les élèves de la *Star Academy* sur une compilation dite *Star Ac 2, les singles*, éditée par Universal Music et produite par Mercury France, Niouprod et TF 1 Entreprises. À sa sortie, l'objet est entré directement en première place des charts et a été disque d'or.

La *Star Academy* réunit à chaque prime time depuis cinq ans environ sept millions de téléspectateurs. Le prix de la coupure publicitaire est de cinquante-six mille euros, quand une émission classique en exige deux fois moins.

En additionnant primes et quotidiennes, ce programme représente deux cent trente-cinq heures d'antenne. Lors d'un lancement plateau, Nikos Aliagas dit : *C'est la génération* Star Academy, *celle qui garde le sourire, celle qui gomme toutes les différences.*

L'an dernier, près de cent soixante-dix millions d'euros de recettes publicitaires ont été obtenus. D'année en année, la courbe se fait exponentielle.

En demi-finale, la coupure pub dépasse les quatre-vingt-quinze mille euros pour trente secondes. Lors de la finale, le montant de la troisième coupure, peu avant de connaître le verdict du public, est de cent mille euros. Les SMS surtaxés et autres appels téléphoniques ont rapporté près de quatre millions d'euros à TF1.

Le 21 décembre 2002, Nolwenn Leroy, vingt ans, remporte la *Star Academy 2* devant 9,7 millions de téléspectateurs, soit 46 % de part d'audience. Le 4 mars 2003 son premier album se vend à plus de 250 000 exemplaires en l'espace d'une semaine. Dès le 17 mars le demi-million est dépassé.

Mercredi 17 novembre 2004. TBN, chaîne américaine à grande écoute, prime time. Le docteur Frederik R. Carrick, présenté comme un éminent neurochirurgien, déclare lors d'un talk-show familial que *la voix de Nolwenn Leroy a des vertus thérapeutiques*. Il ajoute qu'à l'heure actuelle, trois cent quarante praticiens utilisent l'album de Nolwenn Leroy dans le cadre du traitement des liaisons cérébrales. Il conclut : *Les résultats obtenus sont statistiquement supérieurs à tout ce qui avait été constaté jusqu'à présent, même avec Mozart*. Le docteur Frederik R. Carrick est entendu ce soir-là par 50 millions de téléspectateurs.

La nuit du 17 au 18 novembre 2004, les sites de ventes en ligne américains enregistrent 10 000 achats de l'album de Nolwenn Leroy. Dans les charts, elle passe de la 92 000e place à la 82e.

Cinq mois plus tard, week-end de Pâques. Sur TF1 une émission : *La Ferme Célébrités*. Sur la chaîne du 24/24 plan fixe. Un ciel étoilé, une étable, un âne, des vaches. Deux candidats mâle et femelle veillent une chèvre, qui paraît-il s'apprête à mettre bas. Je suis dans mon salon et je suis accoudée à la télévision. Mais nous étions plusieurs, j'ai amené des témoins : je savais le temps proche car ourlé disponible.

C'est moi, la sentinelle, *qui ai entendu et vu ces choses*. J'ai amené des témoins *Je suis ton compagnon de service* pour démultiplier les postes d'observation. Je n'ai rien inventé, nous en avons même ri. La crèche de l'inversé, une bête blanche et cornue au centre, éclairage extérieur surwatté, *la lumière de la lampe*, le télé-réalisme *parce que toutes les nations ont été séduites par tes enchantements*. À la droite de l'Ogre est la télévision. *Et quand j'eus entendu et vu*, des milliers d'oiseaux morts s'abattirent à nos pieds.

Puis il y eut *Le Royaume*, presque deux ans après. Sur la même chaîne, un concept suédois. Échec en terme d'audience, 50 000 téléspectateurs au second épisode, suppression du programme. Pourtant premier volet cinquième épreuve, dans la cour du château, deux candidats s'adonnent au *supplice de l'écartèlement*. Dispositif commenté par la voix off. Suspendus chacun entre deux poutres, un cinquième de leur poids à bout de bras, de la fonte. Gros plans sur les visages, dans leur sueur se reflète le sourire de Nicki. La voix off glose, pédagogique : Ce supplice fut infligé à Ravaillac. De l'histoire majuscule dans le Videodrome™, cette fois de la parole, je souligne, oui, de la parole. *Si quelqu'un retranche quelque chose des paroles du livre de cette prophétie.* C'est idiot de tricher avec l'Apocalypse. À votre place, je pense, je ferais moins le couillon.

Pièce 27/27

Je ne suis pas ici par hasard. Le hasard n'existe jamais, je pense que vous l'avez compris. Je ne sais plus qui je suis ni pourquoi je suis là. Encore moins si de moi il restera une ligne. Ou si les pages seront flétries. Je ne sais pas grand-chose, peut-être plus rien du tout, mais ce dont je suis certaine c'est que j'ai essayé de vous transmettre des informations. Des informations du réel. Du réel de là où je suis.

Je reste errante de chaîne en chaîne, maillon fébrile gorgé de rouille. Je ne manque de rien, bien sûr, de rien. J'espère diluer mon tétanos. J'avais un nom, avant. Un corps et un amour. J'ai dit car ça je m'en souviens : ainsi je serai la Sentinelle. La préparation des cerveaux, je m'en ferai l'observatrice. Je ne pouvais accéder à leur laboratoire qu'en jouant à la souris, mais je n'en voulais pas tant. Ça fait longtemps maintenant que le chat me digère.

Je suis avec Nicki, peut-être même en Nicki, mais je ne vous dis pas : viens. Je vous dis autre chose. Que le téléréalisme est une phase décisive de l'autophagie capitaliste, par exemple. Que le téléréalisme aménage les cerveaux en mettant en abîme le processus en cours. Que le Videodrome™ a eu raison de moi, et qu'il ne montre pas seulement le meurtre et la torture. Qu'il expose des individus se pliant à la préparation. Vous n'avez pas compris en quoi le seuil franchi s'avérait historique. Vous n'avez pas senti que la moindre émission usant de témoignages introduisait le sujet en ne déclinant plus aucune identité. Vous n'avez pas frémi lorsque les figurines disaient : *les personnages que nous allons vous présenter.* Je pense que vous êtes responsables.

Depuis sa création, le téléréalisme a sa syntaxe propre. Un phrasé soustraction. Prénom + *c'est l'histoire de.* Le téléréalisme escamote les humains pour en faire des histoires. Des histoires de fictions personnelles qui se dissolvent chaque jour si possible en direct dans la grande fiction collective, celle qui est globale, imposée. Celle où l'Ogre serait juste et bon. Qui ne fut pas au Videodrome™ ne peut susurrer j'ai tout vu, car ici est Hiroshima.

La préparation du temps de cerveau consiste à raboter les fictions individuelles, à en limer les coins, en râper les arêtes et les aspérités. Dans l'atelier toujours sont brûlés les copeaux. Voyez dans l'âtre, les cendres : c'est de la sciure de je. Vous entendez au loin la scie à chantourner, n'est-ce pas, ses découpes sont toujours d'une extrême précision, pour faire les arrondis et les angles marqués l'Ogre préfère cet outil, comme tous les bricoleurs.

La fiction collective existe : c'est en elle que vous habitez. L'Ogre y aura toujours raison puisqu'il en écrit les chapitres. Je redoute que déjà vous tous ne soyez plus qu'une poignée de caractères dans son livre de contes. Celui où les enluminures soulignent la morphologie des héros. Celui où on dit *entrer en guerre contre le terrorisme*, comme si le terrorisme était un pays, une nation. Celui où des personnages de fiction pure galvanisent les foules, proclamant *Le chômage, je lui dis hasta la vista baby* et sont élus gouverneur de Californie. Celui où les têtes sont assurées de ne pas désemplir d'oiseaux morts.

Je crains d'être une mauvaise nouvelle. Je suis j'ai dit un globule rouge, une fibre de la robe de Nicki, si j'ai perdu mon cœur je connais toutes les cibles : vous n'êtes pas les rejetons de la télévision. Vous êtes ses fœtus en conserves, vous vous gavez de pain d'épice, les murs de vos maisons scintillent de sucs gastriques. Les intestins de l'Ogre, vous les jugez moelleux au point de désavouer leur issue transitoire. Égorgez les corbeaux, jetez sur le vol noir des filets de lâcheté, faites accoucher les plaines de rats borgnes, sans alarme, niez le prix de vos alibis. À présent distinguez l'orée du gros côlon.

Vous n'êtes plus au jadis où vous étiez au monde et où se déclarait : *Ce n'est pas nous qui pensons le monde, c'est le monde qui nous pense*. Vous n'êtes plus au jadis où user en mantra *Ce n'est pas nous qui pensons la télévision, c'est la télévision qui nous pense* peut suffire pour rester lucide et préserver le cervelet. Non, nous n'en sommes plus là du tout.

Ne cherchez pas à négocier, cessez ces réflexes boutiquiers, l'heure n'est plus aux mots gras, ni même petites lignes. L'heure n'est plus, d'ailleurs.

Plus du tout. L'horloge n'est que l'interne de l'Ogre, le cadran n'est qu'exécutions et les aiguilles recousent, en bonnes taxidermistes. Reniflez note de fond, discernez le poisseux piquant de l'inertie. *Le désir non suivi d'action engendre la pestilence* : c'est bien de vos têtes que vient cette puanteur.

Je fus la sentinelle. Je m'insomniais de notes, chaque jour je consignais les dires et puis les faits de la télévision. De la télévision du réel. Celle qui parle un idiome dit neuromarketing. Celle où tous les cortex viennent se faire écorcher en *Versuchspersonen*. La télévision est la voix qui vous dit d'oublier que votre corps se trouve dans une cave à Nevers, que vous avez tout vu et qu'il est interdit de dire : c'est inventé.

Vous n'êtes plus au jadis où la hype de l'Ogre faisait avec des mises en garde de charmantes décos d'intérieur. *Aucune différence entre vivre et regarder la télévision* mais la télévision nous vit et nous regarde. Et l'appétit de l'Ogre s'enfle à toute illusion de résistance civile. La télévision vit mais ne pense plus du tout. Ce n'est que l'exécutrice, infirmière libérale, pause aux messages préparatrice, veine bleutée flux tendus. À présent répétez : *j'ai la mémoire qui flanche*.

Je fus la sentinelle. J'ai derrière moi un corps laissé à un état tel qu'il souhaitait le trouver en entrant. Je ne consigne plus, je suis l'infiltration. J'habite dans l'aquarium des hypnoses cathartiques, dans les viscères couleuvres de la grande narration. Je loge dans un organe malade, l'ovaire de la Marie Vision. L'Ogre, comme tout proxénète, redoute les coups à l'estomac et a très peur des dictionnaires. Je vous aurai prévenus, tentez de vous en souvenir. Ça peut vous être utile pour prendre la tangente sur certaines autoroutes.

Je ne suis plus qu'une parcelle. La fiction collective sait imposer des cartes en guise de territoire, c'est même à l'Ogre qu'on doit l'idée. Je n'ai pas su protéger mon cerveau, son temps est aboli, il n'est que disponible. Mais au moins, voyez-vous, j'ai ma narration propre. Sachez sauver la vôtre avant qu'il ne soit trop tard.

Ministère de la Culture & du Divertissement™
Département de la Fiction sur support Papier
Service des Archives

N° Dossier : 06176NSDA
Suivi par : Aline Maupin
Matricule : GPB07

Descriptif : 27 pièces sur support papier ; bande-son et documents d'enquête annexés sur http://www.chloedelaume.net/06176NSDA

Origine contrôlée :
Matière première égarée durant un des chocs limonadiers du début du siècle. Appartenait au fonds d'exploitation virtuel du Groupe Globaledit avant le rachat de celui-ci par Endemol Inc., qui nous l'a transféré pour étude.

Rapport :
Potentiel commercial négatif. Extraction de filons narratifs à exclure, adaptation impossible quel que soit le support de production.

Décision : Stockage inutile. Bon pour destruction.

8856

Composition
NORD COMPO

Achevé d'imprimer en France (Malesherbes)
par MAURY-IMPRIMEUR
le 14 décembre 2008.

Dépôt légal décembre 2008.
EAN 9782290013922

ÉDITIONS J'AI LU
87, quai Panhard-et-Levassor, 75013 Paris

Diffusion France et étranger : Flammarion